AF142857

La Tortue de Georges

Roman

Anne BOSCHER

Édition : BoD – Books on Demand, info@bod.fr
Impression : BoD – Books on Demand, In de Tarpen 42, Norderstedt
(Allemagne)
Impression à la demande
ISBN : 978-2-3224-5753-3
Dépôt légal : octobre 2022

« Le jardin des délices » de Jérôme BOSCH, 1494 à 1505 (détail)
Conception de la couverture : François SEYLLER

Avertissement au lecteur

Inspirée de mon expérience en service médico-psychologique en milieu carcéral, j'aborde, dans mon roman, le cheminement singulier d'un auteur d'agressions sexuelles envers des enfants.

Le sujet central est le parcours d'un homme confronté à ses actes et à la prise de conscience de ce qui l'a mené à de telles transgressions. Son histoire est vraisemblable bien que le contexte et les personnages relèvent d'une fiction et non d'une situation de la réalité.

Mon écrit n'a aucune valeur de généralité sur les crimes sexuels et leurs auteurs sachant que les problématiques sont d'une grande variabilité.

Enfin, ma volonté n'est nullement de dénier les souffrances des victimes. Mon intention n'est pas de minimiser ou de justifier des actes de déviance ni de choquer le lecteur. On ne trouvera aucune scène explicite ou indécente. Mon souhait est au contraire de témoigner de l'évolution possible d'un homme, avec pudeur.

CHAPITRE I

La piscine

L'escalier était raide. De nos jours, nul architecte n'aurait eu l'idée d'une telle conception, aucune municipalité n'aurait donné son aval pour le projet qui ne respectait pas un minimum de règles de sécurité et de confort à l'usage. C'était pourtant basique, la pente de trente-cinq degrés et la hauteur de marche de quatorze centimètres avaient tout pour ne pas être fonctionnelles. Seule leur profondeur était de taille, ce qui ne rendait pas la descente plus aisée. Sur chaque marche, deux, trois pas ? Chacun hésitait. Soit on piétinait, soit on prenait de grandes enjambées. Les prudents se méfiaient. Évidemment, la question ne concernait pas les enfants. Telle une envolée de moineaux, ils s'élançaient sans se préoccuper des dimensions hors normes de l'escalier. Leur plante des pieds raclait à peine le revêtement rêche des marches. Un seul but en tête : atteindre l'eau scintillante et claire au bout de la descente, sitôt déshabillés !

En cette année 1985, les jeunes gens se montraient sans complexe. Surtout les filles, le corps de moins en moins couvert, les jambes infinies, les cuisses échancrées, le décolleté généreux, quelques-unes presque nues, vêtues de bandeaux et de triangles de tissus minuscules noués par des cordelettes ornées de perles.

Georges restait sur la serviette en haut de la butte. Il occupait une place stratégique pour observer le bassin dans son intégralité. Il préférait nettement se poster à distance des effluves de chlore, du brouhaha et de l'agitation. En hauteur, les sons et l'odeur des champs parvenaient jusqu'à lui. La vue ne se résumait pas au bassin en contrebas. Droit devant, des parcelles cultivées et des pâturages donnaient le décor à la piscine.

« Y'a pas à dire ! pensait Georges, il n'y a que les Allemands pour imaginer ce genre de construction en pleine campagne. »

La piscine municipale, côté français, paraissait bien vieillotte et vétuste en comparaison. Les vestiaires n'étaient pas engageants. Les courants d'air envahissaient les couloirs et les flaques d'eau s'écoulaient difficilement. Le carrelage délavé ne mettait personne en confiance même si l'odeur de Javel témoignait des mesures d'hygiène. Sur le sol glissant, il fallait assurer son équilibre et tenir fermement son cintre paré de sa petite nacelle pour que les habits, les chaussures et les sacs ne finissent pas trempés à terre. La dame des vestiaires régnait à son comptoir, s'emparait des affaires, remettait un numéro, rarement avec sympathie. Mais surtout, la différence majeure concernait le pourtour du bassin français qui laissait peu de place à la détente. Les serviettes, les enfants, leurs ballons et leurs goûters s'y entassaient sur une maigre bande d'herbe. En fait, une piscine tout juste bonne à faire des longueurs, ce qui n'intéressait pas Georges. Du coup, il n'hésitait pas à franchir la frontière, pour quinze petits kilomètres, avec la petite Juliette.

Pour tous au village d'Helsting – la famille, les voisins, les autres gamins – l'enfant restait « la P'tite Juliette ». Même l'enseignante du village l'affublait de cet adjectif sans avoir l'idée de s'en passer avec les années. Il faut dire que le temps semblait s'écouler au ralenti pour cette fillette. Seuls ses cheveux s'allongeaient. Fins et bruns, ils atteignaient maintenant ses fesses pour n'avoir jamais été coupés depuis sa naissance. Son corps, en revanche, peinait à prendre des centimètres. Son esprit enfantin paraissait, lui aussi, figé dans le temps. Il s'égarait longuement avant d'engranger une connaissance et de gagner en réflexion. Juliette stagnait en école primaire et il était difficile d'imaginer qu'elle puisse en sortir. Aujourd'hui, son âge devançait largement celui des autres élèves de sa classe qui la dépassaient d'une tête. Mais tout cela n'avait aucune importance pour Georges alors que la totalité de leur entourage s'en inquiétait.

Du haut de la butte, Juliette se repérait facilement. L'orange vif de son maillot deux pièces et le bleu roi de son bonnet de bain gaufré la rendaient bien visible. Avec les brassards qui lui enserraient les bras, elle était reconnaissable entre mille. Dès l'arrivée, Georges les gonflait à plein poumon et, une fois enfilés, Juliette ne les quittait plus jusqu'au départ. La plupart des enfants n'acceptaient plus cet accessoire au même âge. La peau pincée par la matière plastique au moindre mouvement, gênés dans leurs déplacements et surtout par l'image de petit qu'il renvoyait, ils l'abandonnaient avec un peu d'aisance au contact de l'eau. Mais pas Juliette. Elle ne semblait pas s'en préoccuper ni en souffrir. En fait, elle se montrait plutôt indifférente à la question, comme à beaucoup d'autres d'ailleurs. Malgré ses fréquentes sorties à la piscine, elle n'avait jamais réussi à savoir nager.

Georges observait Juliette. Assise au bord du bassin, les pieds de la fillette faisaient des clapotis dans l'eau. Elle était seule. Un groupe d'enfants se poussaient, criaient, s'éclaboussaient sous les remontrances du maître-nageur. D'autres se serraient à l'abord du plongeoir pour gravir enfin les trois marches et sauter en hurlant. Elle ne regardait que le mouvement de l'eau, ne s'intéressait pas à ce qui l'entourait. Juliette se baignait peu finalement, mais pouvait rester des heures telle quelle, à contempler la brillance du reflet des rayons du soleil et les ondulations des vaguelettes. Son regard n'était pas vide, mais fasciné par le quadrillage mouvant du fond de la piscine. Les carreaux bleus se fractionnaient dès l'effleurement de l'orteil à la surface. Tout un temps était nécessaire avant que le brouillage ne cesse et que l'image tranquille des lignes blanches ne réapparaisse en transparence de l'eau cristalline.

Certains enfants venaient la bousculer. Souvent, elle était chahutée. La moquerie était facile avec quelqu'un dont personne ne prenait la défense. Aux railleries françaises ou allemandes, Juliette ne répondait pas. Absente, elle ne semblait pas percevoir les petites cruautés d'enfants dont elle était la cible. Trop loin, Georges n'entendait pas ce qui se disait.

La première fraîcheur de fin d'après-midi sortit Georges de son apathie.

Déjà dix-sept heures trente ! Vite, il fallait rentrer pour ne pas croiser le regard noir de Simone.

— Qu'est-ce que tu fais ? T'as vu l'heure ! s'empressait-elle de commenter lorsqu'il tardait à rejoindre la maison.

« Et alors ? », protestait-il intérieurement avec le désagréable sentiment d'être en faute néanmoins. De toute manière, que ferait-il chez lui ? À quoi bon…

Il y avait longtemps que Simone l'insupportait. Ces derniers mois, il l'évitait.

Georges rassembla l'ensemble des affaires pour récupérer Juliette au bord du bassin, l'enroula dans la grande serviette éponge, la prit par l'épaule pour gagner les vestiaires. Comme toujours, ils se coincèrent à deux dans une petite cabine individuelle, dans l'aile du bâtiment réservé aux hommes. Là, ce fut laborieux. Le bandeau retenu par des bretelles ne glissait pas facilement sur la peau encore ruisselante de l'enfant. Georges saisit le tissu à deux mains pour le passage des bras et de la tête. Torse nu, Juliette était bien maigre. Plate, sans prémices d'un début d'adolescence. Son haut de maillot n'avait rien à cacher. En bas, elle portait une sorte de short court avec une ceinture factice.

Elle se retourna

Accroupi, Georges aperçut soudainement les courbes du corps de la fillette. Jamais il ne s'y était attardé. Collé à lui, le dos était faiblement cambré, les cuisses finement galbées. La blancheur de la peau les rendait presque translucides. Dans ces jambes, les muscles tout en longueur étaient tendus et fermes. « Les pattes d'une grenouille », se dit Georges. L'éponge humide du maillot était fripée. En haut d'une cuisse, le tissu orange découvrait le début légèrement rebondi de la fesse droite, laiteuse.

Brusquement, il eut envie de toucher le morceau de chair exposé.

Le trouble produisit un vertige. Il stoppa net sa main.

Sur le trajet du retour, Juliette ne parlait jamais beaucoup. Cette fois, Georges ne chercha pas à alimenter la conversation. Il ne lança pas sa blague habituelle à l'approche du poste de douane, demandant à l'enfant de planquer les bijoux sous son tee-shirt ou dans la boîte à gant pour ne pas les déclarer. Il n'y eut pas la connivence de cette transgression imaginaire qui provoquait invariablement l'étonnement puis le sourire gêné de la petite. Étrangement silencieux, un malaise diffus envahissait Georges :

Quelle idée ! Juliette avait douze ans, elle en paraissait huit. Et lui ? Un vieux, rien qu'un grand-père…

L'image de la cuisse réveilla Georges en sursaut. Pas de scénario, pas d'avant ni d'après, pas d'histoire, mais un arrêt sur image. Comme une obsession, elle s'imposait, émoustillait ses sens sans aucun contrôle de sa part. Le phénomène surgissait de nulle part. L'homme n'avait aucune explication. Dire qu'il s'en sentait coupable serait exagéré, néanmoins il n'était pas tranquille.

Du plus loin qu'il se souvînt, ses nuits n'avaient jamais été sereines. Il dormait peu, de moins en moins. Dans les figures qui peuplaient ses rêves, celle d'une tortue, gigantesque et monstrueuse, était la plus fréquente. Elle l'oppressait au point d'interrompre son sommeil. S'ensuivait une colère incompréhensible qu'il n'interrogeait pas. Il subissait.

Avec l'image de la cuisse, les cauchemars se raréfièrent. Pas ses réveils nocturnes.

À trois heures du matin, Georges tournait en rond dans la maison. Au rez-de-chaussée, il se faufilait entre les meubles qui encombraient le salon et pestait contre la sale manie de Simone qui accumulait sans compter buffets, commodes, lampes et guéridons inutiles. Ça le rendait fou un tel besoin d'amasser ! À chaque pas, il risquait une chute, les pieds pris dans l'un des tapis qui couvraient exagérément le sol. Le carrelage qu'il avait posé soigneusement, avec une maîtrise hors pair et le parfait respect des raccords géométriques, n'était quasiment plus apparent.

Depuis que le vieil homme était en retraite, il s'occupait souvent de Juliette. Avec elle, il n'était pas nécessaire de beaucoup converser, de jouer, ni de proposer sans cesse de nouvelles activités. L'enfant habitait avec sa mère, Corinne, à Helsting, dans le même village. Depuis de longues années, elle venait chez ses grands-parents sans s'annoncer, simplement parce que leur maison était un peu le prolongement de la sienne. Mais c'est surtout à Georges qu'elle s'attachait. Juliette le suivait dans le potager et dans les champs lorsqu'il faisait le tour de ses vergers, guettant les fleurs et les premiers fruits. Ensemble, ils partaient avec le chien à l'ancienne carrière. L'enfant jetait inlassablement des cailloux dans le plan d'eau à l'écoute des sons qu'ils produisaient. Une poignée de gravillons provoquait une succession de cliquetis vifs et pétillants. La chute d'une grosse pierre, un bruit sourd et brutal à la surface. Au bord du rivage, son être tout entier était absorbé par cette activité invariable et répétitive. Rocky, le berger belge, sautait au moindre jet, tournoyait dans l'eau, incapable de saisir le projectile. Il finissait par ressortir bredouille en jappant.

Parfois, Juliette ne faisait rien.

Sur le banc en bois devant la maison ou le fauteuil en velours du salon, la fillette se collait à Georges dans un corps à corps qu'elle n'avait pas encore quitté, celui de la petite enfance.

En sa compagnie, Georges évitait le face-à-face pesant avec Simone. La lourdeur dans leur couple s'amplifiait depuis qu'il était inactif. Après la dernière opération chirurgicale de sa femme, leur relation se dégradait de plus belle. « Elle avait eu la totale », disait-on sans que personne ne reprenne à son compte la terminologie médicale. À sa sortie de l'hôpital, l'extrême fatigue et les douleurs abdominales s'étaient éternisées. Les précautions postopératoires avaient envahi le quotidien de Simone pour qui tout propos du médecin avait valeur de parole d'évangile. Son esprit s'était assombri. Elle devenait jour après jour plus irritable.

Il a bien longtemps que Georges l'avait épousée. Elle était même plutôt jolie à dix-neuf ans lorsqu'elle attira son premier regard. Avec sa frange rouleau, son corsage cintré et sa jupe large à carreaux, elle avait de l'allure aux bals de village. En cette période d'après-guerre, les jeunes gens s'y précipitaient dans la frénésie d'une insouciance et d'un optimisme retrouvés. Ils s'y rendaient à vélo, parfois à pied, à travers champs. Le froid et la neige ne les arrêtaient pas. Les bals qui tournaient de village en village rencontraient un succès phénoménal. On dansait, on flirtait, on oubliait la guerre. On y retrouvait le plaisir de s'amuser après des années de privation. Aux abords de la salle communale, quelques baraques foraines permettaient de lancer des balles sur des boîtes de conserve, de tenter sa chance au jeu de loterie et de se balancer à deux dans des nacelles en fer. Après avoir été suspendus tout un temps, les bals remplissaient à nouveau leur fonction matrimoniale.

Georges ne loupait pas l'occasion de quitter sa mère et la ferme familiale, engoncé dans son costume du dimanche, les cheveux tirés en arrière, la raie bien droite sur le côté. Les filles étaient jolies, Georges était bon danseur. Dès les premières notes de l'accordéoniste, il s'élançait pour une valse ou une marche sur une musique qui conservait son folklore allemand bien que tous retrouvaient désormais la nationalité française. Georges et Simone s'étaient fréquentés, vite il avait fallu se marier et, sans attendre, s'occuper de l'enfant.

Les évènements s'étaient enchaînés sans que Georges y ait réellement réfléchi. Il ne parlait pas d'une histoire d'amour, mais ne regrettait rien non plus. C'était sa vie, pas vraiment choisie.

Malgré les habitudes, l'épaississement de Simone, la perte de sa flamme, il ne remit pas en question leur union durant toutes ces années. De la fine jeune fille à la femme mûre bientôt sexagénaire, les rôles s'étaient figés dans des liens codifiés pour chaque chose. Après la mère au foyer, Simone était devenue la femme d'intérieur. La maison était son royaume. Elle y maniait son monde, prenait les décisions et gérait l'argent du ménage. Cela ne datait pas d'aujourd'hui, il y avait bien longtemps que leur relation s'était sclérosée.

Deux à trois soirs par semaine, Georges s'attardait au café du village, le seul qui survivait à ce jour alors qu'on en comptait quatre à Helsting du temps de sa jeunesse. Il y retrouvait les hommes, toujours les mêmes, et les discussions tout aussi animées qu'inintéressantes, enflammées et péremptoires lorsque l'alcool les grisait. En retraite, il s'était dit qu'il n'aurait pas été raisonnable, encore moins acceptable pour Simone, d'y passer ses journées. Aussi, Juliette l'occupait.

Au fil des semaines, l'image de la cuisse fut moins présente.

Georges n'avait plus emmené l'enfant à la piscine. Dans son esprit, ce n'était pas véritablement une décision. Son émoi ne l'avait pas ébranlé. La situation ne l'avait pas franchement fait réfléchir. Il n'était pas perturbé au point de vouloir éviter le risque de la reproduire. Tout au plus, il avait chassé le trouble de sa conscience en mettant les sorties à la piscine de côté.

C'est Simone qui relança l'idée alors que les premiers jours de juillet débutaient dans une température suffocante. Le mercure avait grimpé brusquement comme s'il s'était synchronisé avec les vacances d'été.

— Emmène donc la p'tite, adressa-t-elle à Georges. C'est pas une vie à l'intérieur avec cette chaleur. Elle a bien besoin de se baigner.

Juliette ne se fit pas prier. Les rares fois où elle s'opposait, c'était faiblement, du bout des lèvres, timidement. Il fallait tendre l'oreille pour entendre une bribe de contestation. Alors vite, l'enfant s'assit dans la Renaud 20 sitôt les affaires de bain rassemblées dans le gros sac en toile de jute.

Posé sur le haut de la butte, Georges ne regardait pas Juliette. La fillette ne l'inquiétait pas. Elle ne faisait jamais d'éclats, ne courait pas sur le carrelage mouillé et ne sautait pas inconsidérément dans le grand bain, ce qui mettait bien des parents sur le qui-vive.

Une foule agitée et compacte colonisait la piscine. Le béton des marches d'escalier brûlait affreusement la plante des pieds. Avec la chaleur caniculaire, personne ne lézardait au soleil. Seul Georges gardait sa chemisette. Il avait sorti son bob et enfilé son short de bain même si, cette fois encore, il n'avait aucunement le projet de se baigner.

En hauteur, Georges regardait le ciel. Il sentit une odeur d'herbe fraîchement fauchée. « La saison des foins a commencé tôt cette année », pensa-t-il. Elle tirait maintenant sur sa fin.

À l'est, des nuages s'accumulaient peu à peu comme s'ils prévoyaient de grignoter l'espace. Une chape lourde et dense se forma. Elle modifia la lumière. L'herbe, les arbres et les champs prirent une étrange couleur, presque fluorescente. L'air lui-même se colora faiblement d'orange. Les oiseaux se turent. Les bruits qui émanaient de la piscine se firent entendre plus prégnants, aigus et discordants. Insupportables pour Georges ! Il rangea ses affaires. Les nuages ne tarderaient pas à prendre de la puissance et à se charger d'encre. La pluie battante créerait la cohue parmi les baigneurs et dans les vestiaires. Il n'attendrait pas jusque-là.

Dans l'étroite cabine de change, ils se serrèrent à deux, comme d'habitude.

Là, Georges ne stoppa pas sa main.

La petite voisine de Simone et Georges se prénommait Valérie. L'enfant était seule. Sa mère, Isabelle, se tuait au travail pour maintenir à flot l'exploitation familiale de ses parents : une vingtaine de vaches laitières, quelques parcelles d'orge et de luzerne. Depuis des lustres, ses deux fils aînés contribuaient aux travaux de la ferme parce que son homme, comme beaucoup d'autres du village, partait à la mine.

Valérie s'ennuyait.

Elle n'aimait pas les vacances, encore moins l'été, qui duraient une éternité dans ses yeux d'enfant. Les journées étaient vides, identiques jour après jour. Seuls le dimanche et sa messe de dix heures rythmaient le passage d'une semaine à l'autre, similaire l'une à l'autre. À l'école au moins, il y avait des choses à faire. Elle s'y débrouillait bien d'ailleurs, motivée par le nombre d'activités qui lui étaient proposées. Tout juste sortie du cours préparatoire, elle avait acquis sans encombre les rudiments de la lecture. Dommage, hormis les catalogues de vente par correspondance et le programme de télévision qui traînaient dans la cuisine, Valérie n'avait que peu de choses à lire.

Sans école, l'enfant passait la majorité de son temps entre la maison et le caniveau, ni vraiment chez elle ni vraiment dehors, sur cette large zone au statut très particulier, propriété de la commune à usage privé : l'usoir comme on disait en Lorraine. Il y a une dizaine d'années encore, le fumier de la ferme de sa mère s'y entassait, provoquant de sérieuses querelles avec le voisinage exaspéré par l'odeur et ces nuisances d'un autre temps. Depuis qu'un règlement départemental l'avait interdit définitivement, l'espace avait été goudronné pour être transformé en parking.

Valérie y accrochait son élastique entre deux bacs à fleurs.

Elle sautait, à l'endroit à l'envers, à l'extérieur à l'intérieur, dessus dessous, chaque pied sur un fil ou à cloche-pied, le tout au rythme des comptines de cours d'école.

D'un mouvement d'orteil, elle croisait l'élastique. D'un coup de talon, elle le glissait en arrière pour tenter une cabriole dans la satisfaction de réaliser une prouesse acrobatique.

L'amusement était court, les figures limitées faute de partenaires. Très vite, elle s'attristait d'être si seule. Aussi, dès qu'elle apercevait Juliette, elle l'interpellait.

Valérie faisait partie des rares enfants d'Helsting qui jouaient avec la P'tite Juliette. Les autres l'appelaient la « beubeu » et riaient de son inertie lorsqu'ils la charriaient. Seuls les plus petits – et encore, il fallait un écart de trois ou quatre ans – s'intéressaient à celle qui partageait leurs jeux et leur candeur enfantine.

Valérie oubliait la différence d'âge. Elle se glissait du côté de la maison de Georges et Simone, attenante à sa ferme. Accolé à l'habitation, un banc en bois donnait sur un espace engazonné impeccablement entretenu. Elle s'y postait avec ses Barbies et attendait l'arrivée de Juliette. À deux, elles habillaient, déshabillaient, jouaient les saynètes que Valérie imaginait.

La mi-août était passée, les vacances tiraient en longueur. Au travers du rideau de sa cuisine, Simone observait les deux fillettes à l'avant de la maison.

Elle n'avait rien contre cette gamine, c'est avec sa mère que de vieilles histoires de voisinage s'étaient enkystées. Aujourd'hui encore, la moindre discorde prenait une ampleur démesurée. Très vite, Simone relevait l'absence d'un bonjour, les sillons de terre laissés par le tracteur sur le trottoir. Elle ne pouvait s'empêcher de juger Isabelle sur la façon d'élever ses enfants et de pester contre les travaux et les bruits de la ferme. Dans son animosité persistante, elle n'achetait jamais les œufs, le lait, les lapins ou les poulets que sa voisine vendait de la main à la main aux habitants du village.

Malgré tout, derrière sa fenêtre, Simone fit le constat que les deux fillettes semblaient bien s'entendre. Enfin, Juliette ne faisait plus la sauvage. Elle riait même, racontait des histoires. Avec Valérie, elle devenait ordinaire.

Simone voyait bien que l'enfant était plutôt étrange. Rarement, elle sortait de l'école parmi les autres, bruyants et heureux de quitter les contraintes de la classe. Pour eux, la liberté retrouvée créait le chahut et l'urgence à s'amuser alors que Juliette se montrait discrète et silencieuse. Plus rarement encore, la fillette racontait sa vie d'enfant. Il n'y avait pas d'histoires de copines, pas d'invitations. « Et puis, se disait Simone, ce n'est pas une vie de se coller aux adultes pour une gamine de son âge. Surtout à ses grands-parents ! »

Alors c'est elle, encore une fois, qui pressa Georges :

— Emmène donc Valérie avec la P'tite Juliette, lui suggéra-t-elle. Ça lui fera une copine à la piscine.

Dès la première sortie, c'est à trois qu'ils se serrèrent dans la petite cabine de change des vestiaires du côté des hommes.

Juliette ne dit rien. Pourtant c'était plutôt bizarre ce qui se passait dans la cabine des vestiaires. Elle n'était pas franchement à l'aise et traînait les pieds, malgré elle, lorsque le départ de la piscine s'annonçait. Mais elle n'allait pas au-delà. « Papy Jo », comme elle l'appelait, était si gentil… Et finalement, était-ce anormal ? Peut-être que l'amour passait par là ? Il faut dire qu'elle l'aimait ce papy Georges. Jamais il ne la houspillait. Jamais, il ne s'énervait lorsqu'elle restait bouche bée face aux questions et aux remontrances des autres qui ne loupaient pas l'occasion de lui rappeler qu'elle était grande, qu'elle pouvait maintenant savoir lire, qu'il fallait qu'elle arrête de faire l'enfant et qu'on ne savait pas ce qu'on ferait d'elle. Alors qu'une kyrielle de remarques s'abattait sur Juliette sans qu'elle n'y réponde et n'y trouve de sens, Papy Jo était là, toujours, avec son regard généreux et clément comme s'il la rejoignait à distance des propos accusateurs, dans une aire où eux deux seuls s'alliaient. Il ne la pressait pas. Il était là, c'est tout, simplement dans le moment présent sans penser au lendemain. Alors évidemment, pour elle, Papy Jo était bon.

Lorsqu'il avait évoqué du bout des lèvres leur « petit secret » dans la cabine de la piscine, elle s'était sentie reconnue à une place d'importance. Quelque chose était précieux dans leur relation. Elle ne ressemblait à aucune autre. Personne ne pouvait l'imaginer et la comprendre tant elle se révélait spéciale. Une relation d'exception qui ne regardait qu'eux. Bien sûr, les sensations du corps l'avaient surprise. Elle n'avait pas franchement aimé. Pas seulement les premières fois. Une certaine excitation s'était mêlée de douleurs qui tiraillaient son corps de petite fille sans, pour autant, qu'elle cherche à s'en soustraire. Elle finit par régler la question en chassant de la conscience les actes qui se déroulaient dans l'intimité de la cabine. L'évènement prit son autonomie comme s'il se décrochait de l'histoire pour devenir un instant entre parenthèses, loin et isolé.

Seules la lenteur à rejoindre les vestiaires et l'envie de rester dans l'eau si transparente et apaisante indiquaient une faible résistance. De plus en plus fréquemment, elle quittait le bord du bassin pour s'y glisser. L'eau l'enveloppait, douce et limpide. Son corps ondulait au gré des remous provoqués par les autres baigneurs. Lentement, elle se berçait. Les mains agrippées fermement au rebord de la piscine, elle apercevait Georges descendre l'escalier avec le sac en toile de jute, les espadrilles et la serviette. Ensuite, son être disparaissait. Elle n'était plus la P'tite Juliette, mais un corps et peut-être même plus rien.

En silence, les actes de Papy Jo s'étaient banalisés. Redondants et ritualisés sans qu'elle ne puisse les comprendre. Ils duraient le temps d'un déshabillage et d'un habillage, confinés dans un espace-temps fractionné.

Le minuscule local et la proximité des corps ne permettaient pas de croiser les regards. Rien ne se disait ensuite jusqu'au poste de douane où la plaisanterie de Papy Jo sur les pseudo-bijoux à planquer avait repris. La petite blague rassurante signifiait que rien n'avait changé.

La Renault 20 ralentissait à l'approche du point de contrôle allemand où rarement plus de trois véhicules, aux immatriculations françaises pour la plupart, attendaient leur tour :

— Quelque chose à déclarer ?

— Rien ! répondait Georges à la rapide question qui prenait cet été une curieuse résonnance.

Sa voix ne tremblait pas, ne trahissait aucune peur face à l'uniforme de couleur verte.

Une quinzaine de mètres plus loin, le passage était plus fluide. Sans même marquer un arrêt, la voiture gagnait la France au geste de la main du douanier français derrière la porte vitrée de sa cabine. Tous deux retrouvaient alors le cours des choses ordinaires avant d'arriver à Helsting.

Jamais l'idée de se confier ne vint à Juliette. Qu'aurait-elle pu dire ? Son esprit ne pouvait reconstituer une quelconque image, aucun souvenir ne pouvait se livrer. Tout se déroulait comme si sa pensée était gelée.

C'est Valérie qui parla.

Elle s'était effondrée en larmes. La tête cachée dans ses bras, tout son corps ramassé sur lui-même, affalé sur le pupitre de son banc d'école. Des spasmes la secouaient sans discontinuité malgré les propos consolateurs de son institutrice.

Avec étonnement, la femme voyait la petite fille se liquéfier littéralement après une remarque sur son laisser-aller depuis la rentrée. Elle connaissait bien les enfants du village. Dès la grande section de maternelle, elle les suivait sur six années dans cette petite école à classe unique. Valérie était vive, un peu trop parfois. Une enfant gratifiante et attachante même si elle parlait à tort et à travers. Elle bavardait sans arrêt ce qui ne l'empêchait pas de profiter de l'école dans une appétence à savoir lire et calculer. Mais après les grandes vacances, l'enseignante ne reconnaissait pas la fillette connue l'année passée. Plus d'une fois, elle avait dû insister pour qu'elle quitte sa léthargie, prenne enfin son stylo en main ou se concentre sur le déchiffrage d'un texte. À nouveau, elle ânonnait les syllabes et lâchait les lignes droites d'écriture comme si l'été avait tout effacé. Quelque chose clochait. Valérie était distraite, dans la lune, absente et désinvestie.

La brusque violence des pleurs de l'enfant désarçonna l'institutrice au point qu'elle se demanda si elle n'y était pas allée trop fort.

Un peu coupable, elle s'assit à sa hauteur sur la petite chaise vide à ses côtés.

Quelqu'un se préoccupait d'elle, c'était rare pour Valérie. D'ordinaire, c'était elle qui cherchait le contact. Avide d'attention, elle n'hésitait pas à se mêler aux discussions qui ne la regardaient pas. Elle s'en trouvait souvent écartée, renvoyée à sa place par les adultes qui se plaignaient qu'elle ait toujours la bouche ouverte. Ces derniers temps, elle était devenue moins loquace. Pourtant, presque personne ne paraissait l'avoir remarqué.

Dans la salle de classe maintenant déserte, son institutrice s'intéressait à elle. Les mots étaient doux, à son écoute, engageants.

Alors Valérie lâcha tout, sans détour : le bruit sec de la banquette en bois qui retombait brutalement, verrouillant au passage les deux portes de la petite cabine des vestiaires de la piscine d'une accroche de part et d'autre, le brusque sentiment d'être enfermée, le maillot qui glissait, les peaux nues, l'aisance de la P'tite Juliette et sa légèreté qui gommait toute inquiétude.

La chaleur et la douceur du grand-père, ses mains et toute la suite lui restaient gravées en mémoire. Depuis le premier jour, les images défilaient, encore et toujours, tout le temps à l'esprit. Des morceaux de chair humides se touchaient et se confondaient. Le souvenir très précis de la moiteur qui gagnait le corps et l'âme perdurait. La terreur des cauchemars sans réel soulagement d'en sortir se répétait. La sueur persistait comme si son être suintait. Et aussi : l'urine chaude et plutôt agréable qui s'écoulait entre les cuisses avant que le réveil n'amène la conscience d'être encore au lit. Les draps trempés, humides et froids quand elle avait continué à dormir, puis la honte et l'incompréhension immédiate de s'être laissé aller. Le reproche de sa mère. La vaine tentative de tout dissimuler, de revenir en arrière. L'envie de crier. La plongée dans une glu épaisse. Le souhait de trouver un cocon, de disparaître, de taper.

Il fallut un bon moment à l'institutrice pour rassembler les bribes de discours confus et désordonnés de Valérie. Plus encore pour sortir de la sidération qui l'envahissait. L'histoire était difficile à reconstituer. Les lieux et les temps se bousculaient sans cohérence et chronologie. Dans le propos tout emmêlé, il était question de nudité, de proximité et d'effraction.

Avec effroi, l'enseignante saisit le dévoilement d'un abus. Un frisson parcourut son dos. Il raidit ses muscles de bas en haut, glacial jusque dans la nuque et à la racine des cheveux. Une boule lourde et compacte se forma dans sa gorge. La bouche sèche, un poids dans la poitrine, il fallait qu'elle parle. Les paroles de la fillette lui restaient collées au corps. Elles entravaient sa respiration et brouillaient son esprit.

Immédiatement, elle se souvint de cette enfant en maternelle qui refusa de quitter la classe en fin de journée. Cela remontait à ses débuts alors qu'elle faisait ses premières armes dans une vaste école de cité. Le même sentiment d'horreur l'avait submergée face aux yeux terrorisés de la petite fille. Les mots de l'enfant, lâchés avec douleur, ne laissaient aucun doute sur les saletés sexuelles de son père. L'état de choc avait empêché l'institutrice d'en faire une réalité un court instant avant qu'elle ne se ressaisisse. À l'époque, elle avait été la seule à entendre, n'avait obtenu aucun soutien de sa hiérarchie. Tout avait fonctionné pour étouffer l'affaire. Pas de vagues. Personne n'allait soulever de lièvres, se mêler des histoires de famille, remuer leur intimité. On ne chercha pas à savoir.

La certitude hâtive d'une affabulation de l'enfant barra définitivement toute supposition inimaginable. Pour l'institutrice, lui restaient la rage envers ses collègues, l'impuissance de n'avoir pu aider cette enfant et la terrible culpabilité de ne pas en avoir fait davantage. Avec sa mutation rapide dans une petite école de village, elle avait quitté ce gros groupe scolaire au plus vite. Éloignée du corps enseignant, elle exerçait dorénavant en seul maître à bord. La vie y était forcément plus douce qu'en ville, les parents bienveillants et les enfants chéris.

L'illusion s'écroulait à l'écoute de Valérie.

L'histoire se répétait avec, dans son sillon, le désir impérieux de porter secours et d'agir. L'institutrice ne se réfèrerait plus à quiconque cette fois-ci. Les révélations de Valérie ne seraient pas tues.

Ce soir, elle ne laisserait pas l'enfant quitter seule la petite école.

La machine ne se mit pas en marche immédiatement. Il y eut d'abord un temps d'inertie. Qui aurait pu imaginer ?

À Helsting, clairement deux mondes se juxtaposaient : celui des vieilles fermes alignées de part et d'autre de la route tout en longueur et celui des constructions récentes dans des lotissements qui empiétaient largement sur les champs ces dernières années. S'y trouvaient quelques fils et filles du village qui prenaient leur indépendance toute relative et de nouvelles familles venues de la ville dans l'attrait d'une vie à la campagne avec maison et jardin pour leurs petits en bas âge. En une vingtaine d'années, la population avait plus que doublé, mais on se côtoyait peu, hormis les enfants sur les bancs de l'école.

Dans le noyau dur du vieux village, tout le monde connaissait Georges. Chacun se souvenait de ses parents et de ses grands-parents parce qu'il demeurait dans la ferme de sa mère qu'il n'avait jamais quittée. À cette époque encore, à Helsting, beaucoup vivaient avec leurs aïeux. Dans la cohabitation des générations, il n'y avait pas de réelle rupture, et peut-être moins pour Georges que pour les autres. Même marié, il était resté fils à vie, homme et père sous le regard d'une mère. Des deux frères, Georges et Léon, il était celui qui n'était pas parti.

Au vieux village, les histoires de famille se recoupaient, s'entremêlaient. Les ramifications étaient complexes, les cousinages fréquents. Les vies se ressemblaient.

Les habitudes des anciens étaient conservées.

L'église restait pleine de dimanche en dimanche. Le rituel des messes qui tiraient en longueur et des vêpres interminables les jours de Pâques et de la Toussaint était respecté. Les chants persistaient en langue allemande même si le sermon se tenait maintenant en français. Depuis la nuit des temps, les enfants se serraient sur les premiers bancs à portée du curé et de son œil exigeant. Les hommes s'asseyaient encore à droite de l'allée de la nef, les femmes à gauche. Toujours à la même place ou sensiblement la même, comme si, la durée d'une messe, le rapprochement des corps avait le goût du péché. Lors des fêtes religieuses, l'église était bondée jusqu'à l'entrée où s'agglutinait la famille en visite pour l'occasion. Ces dernières années, les entorses à la séparation des genres devenaient plus courantes. Les personnes extérieures au village qui restaient en couple et en famille bousculaient l'ordre établi.

L'office religieux était le lieu d'observation par excellence. Aux côtés de sa fille Corinne, Simone scrutait les uns et les autres, en toute discrétion. Elle relevait les absences et les présences. Son esprit s'activait. Il s'accrochait à la fraîche permanente de Louise qui, décidément, avait les moyens d'aller sans compter chez le coiffeur ; aux accoutrements des adolescentes en blouson et baskets, indécentes à son goût, qui chuchotaient sans être reprises par leurs parents ; à la mine de bigote de Claudine, une vraie vierge sage celle-là, bien hypocrite à en croire ce qui circulait dans le village... Et sa voisine Isabelle, vraiment, n'aurait-elle pas pu faire un effort pour quitter son allure de paysanne alors que tous sortaient leurs habits du dimanche ? Au premier rang, sa fille Valérie ne cessait de s'agiter sous les gros yeux du curé.

« Quand même, se disait Simone, elle pourrait se tenir maintenant qu'elle prépare sa petite communion ! » La P'tite Juliette, en bout de rangée, était si sage en comparaison.

Les yeux de Simone survolaient la foule, le corps raide et le visage fixe, impassible. Aucun mouvement ne trahissait l'intense activité de son esprit : « Tiens, celle-ci porte un manteau trois-quarts qu'on ne lui a jamais vu. La couleur fuchsia du châle de cette autre est bien trop voyante dans l'assemblée. Oh, le pauvre vieux Ernest s'appuie fortement au bras de sa fille pour rejoindre la place qui lui est dédiée. Il a mauvaise mine, on ne le côtoierait plus très longtemps... Au fait, quel âge pouvait-il avoir aujourd'hui ? »

Les questions fusaient dans la tête de Simone. Elle les préparait dans l'attente d'en savoir plus lorsque tous se retrouveraient sous le porche. Après l'office, la population s'y attardait, les rumeurs avaient leur lieu de prédilection. Ensuite, personne ne quittait l'église sans passer par le cimetière où les inscriptions sur les tombes témoignaient des filiations croisées. Dans un ordre toujours identique, Simone se recueillait sur quatre, en fleurissait deux. Côte à côte, elle retrouvait les arrière-cousines, les vieilles tantes et les lointains parents de passage qu'on cherchait systématiquement à raccrocher à sa généalogie. À voix basse, face aux morts, les confidences se poursuivaient.

Georges, lui, laissait Simone à ses commérages. Avant le repas dominical, il rejoignait les hommes au bistrot, ceux qui quittaient la messe et ceux qui n'y avaient pas mis les pieds par « conviction politique », disaient-ils. Certains affichaient avec machisme leur refus de participer aux « bondieuseries de bonne femme ».

Tacitement, ce qui était toléré pour les hommes l'était bien moins pour les femmes.

La religion n'était pas seule à cimenter la communauté, il y avait aussi la mine. L'après-guerre avait été la période faste du bassin houiller de Lorraine. Avec la multiplication des puits, bien des paysans d'Helsting saisirent l'aubaine d'un bon salaire, d'une sécurité sociale avant-gardiste et des avantages d'un comité d'entreprise généreux.

Longtemps, les hommes du village y étaient partis tout en gardant un pied dans leur étable et leurs champs. C'était le lot de Georges, pas de son frère Léon. Parmi les « mineurs-paysans », il avait côtoyé les habitants des vastes cités houillères où de nombreux immigrés vivaient avec leur famille. Selon les vagues d'arrivées successives de la main-d'œuvre étrangère, ils étaient Italiens, Polonais et plus récemment Algériens et Marocains.

Contrairement aux autres, Georges ne descendit que quelques mois au fond. Très vite, il travailla à la carrière. De mineur de fond il devint mineur « du jour ». Très vite aussi, il abandonna son autre vie, celle de la ferme, pour ne conserver qu'un potager, une basse-cour, quelques clapiers et ses vergers.

Néanmoins, il garda ses terres. Bien des paysans taraudaient Georges pour qu'il leur cède ses champs éparpillés autour du village. Mais même une offre généreuse ne le faisait pas plier. Lorsqu'une vieille histoire de famille hantait les négociations, il ne prenait pas le temps de discuter. Le refus était direct et sans appel. D'ancestrales rancunes à propos de parts d'héritages flouées, d'appropriation de bordures de terrain abusives et de clôtures irrégulières avaient la peau dure. Alors Georges parlait peu, n'en pensait pas moins. Il se cramponnait à ses terres même s'il n'en faisait rien.

Avec le temps, il était devenu mineur plus que paysan.

Même s'il ne plongeait pas au centre de la Terre, il faisait partie de ces hommes à la vie rude, de ces hommes fiers. Cela créait des liens, des solidarités et une forte identité. Pendant des dizaines d'années, Georges quitta le village en mobylette au début, puis en voiture et, pour finir, en bus affrété par la compagnie des Houillères avec beaucoup d'autres. Aujourd'hui, l'avenir devenait plus sombre. Quelques puits fermaient. L'inquiétude soudait plus encore les hommes et leur famille.

Dans un contexte où les revendications commençaient à gronder, Georges se disait bienheureux d'être arrivé jusqu'à la retraite. Il était parti à temps !

La longue route droite scindait Helsting en deux. Elle restait la voie d'emprunt obligatoire aux allées et venues. Les lotissements n'avaient pas créé de contournements. Leurs rues en impasse donnaient sur un chemin agricole menant aux champs ou butaient contre un amas de terre. Vu du ciel, le village aurait pu ressembler à un râteau muni d'une double rangée de dents. Même si le passage d'une automobile ne créait plus l'attraction depuis bien longtemps, les habitudes ne changèrent pas pour autant. Chacun avait l'œil et l'oreille pour détecter le mouvement. Incognito, à l'abri derrière ses rideaux, on voyait tout. On identifiait les voitures des uns et des autres – rien qu'au bruit du moteur parfois –, celles des étrangers et des visiteurs. Ensuite, on s'interrogeait sur la vie de ses voisins, on supputait, on devinait. La rumeur allait bon train. Fondée ou non, elle se propageait en changeant les regards.

Alors évidemment, en ce fameux jeudi, à dix heures quinze très exactement, la fourgonnette de gendarmerie qui stationna devant la ferme de Georges ne passa pas inaperçue.

L'absence de Simone à la messe du dimanche suivant non plus.

Si Georges n'avait pas avoué, il y a fort à parier que toute cette affaire aurait rapidement été reléguée aux oubliettes. Qui s'y serait intéressé à cette époque ?

L'air du temps n'était pas à la défense des enfants victimes d'abus. Personne n'en parlait. Ni dans les familles ni à la télévision. Et dans un petit village rural comme Helsting, certainement encore moins qu'ailleurs.

En trente ans de carrière, jamais le gendarme Roth n'avait pris au sérieux les bribes d'histoires d'agressions sexuelles parvenues jusqu'à ses oreilles. Pour les rares jeunes filles ou jeunes femmes dont il avait entendu parler, une question surgissait hâtivement. Elle se posait sans attendre que les victimes franchissent la porte de sa gendarmerie : N'avaient-elles pas provoqué la situation ? Ne transformaient-elles pas leur propre transgression en abus ? Le gendarme Roth y voyait une opération mentale simple qui permettait à ces femmes de ne pas se sentir coupables.

Enfant du pays, il connaissait bien les habitants de la dizaine de villages du territoire qu'il sillonnait fréquemment. Ses déplacements ne concernaient pas seulement des interventions de gendarmerie. Il saluait les anciens, prenait des nouvelles, blâmait les garnements à la demande des mères et acceptait la douzaine d'œufs ou le lapin offerts à son passage. Il ne manquait pas de franchir la porte des différents cafés de sa tournée pour y croiser de vieilles connaissances. Tout comme le curé ou le maire, Roth avait sa place bien identifiée dans le paysage de chaque village. Les rumeurs, les médisances et les réputations des uns et des autres ne lui échappaient pas. Mais le gendarme ne creusait pas, classait vite les propos entendus sans imaginer qu'il aurait pu ouvrir les yeux. À sa décharge, rien ne guidait le regard à cette époque.

Les femmes victimes de violences sexuelles passaient le plus souvent pour des aguicheuses. Ne l'avaient-elles pas cherché ? Les rares dénonciations qui atteignaient avec hésitation, douleur et honte un poste de police ou de gendarmerie n'allaient guère au-delà du guichet. Lors d'une histoire de couple, même la loi n'instruisait pas d'enquête. Alors que dire des enfants ! En cette année 1985, il fallait encore un moment avant que n'advienne la Convention internationale de leurs droits, la reconnaissance de leurs traumatismes et le traitement judiciaire de leurs atteintes. Les quelques affaires médiatiques concernaient uniquement des drames sordides où le viol amplifiait la part abjecte et glauque d'un homicide. Sur les ondes, on avait même entendu certains éloges de ces amours si particuliers, idéalisés et pervertis. Dévoilés publiquement au nom du droit au choix personnel, abrogeant le conformisme social au nom d'une liberté sexuelle sans entrave. Bien sûr, on s'offusquait, c'était choquant. N'empêche, le propos avait eu droit de cité et peu de boucliers étaient levés contre leurs auteurs. Qui se souciait de leurs petites victimes ? Elles restaient peu de prise en compte aussi.

Le silence des familles faisait écho au silence de la société. Les déviances intimes ne franchissaient pas le huis clos familial, elles ne s'y partageaient pas davantage. Souvent, le premier confident était sourd. La mère en premier lieu. Les mots de l'enfant étaient étouffés. Le secret ne se propageait pas, ne se dévoilait pas. Il avait tout le loisir de se perpétuer à couvert pour empoisonner l'âme. Bien qu'invisible à l'œil nu, le corps préservé de déchirures, d'ecchymoses ou de griffures s'en trouvait abîmé.

Donc, rien d'étonnant à ce que, ce matin, le gendarme Roth résiste.

À la première heure, l'enseignante du village voisin s'était ruée dans les locaux de la gendarmerie. Une enfant effarouchée et sa mère l'accompagnaient.

L'institutrice s'agitait, le haut du corps et les bras en mouvement. En désordre, ses paroles répétées avec frénésie et révolte envahissaient le local. Son indignation lui faisait quitter sa position respectable et les propos mesurés qu'on lui connaissait. Des insultes concernant un « vieux pervers » fusaient. Elle seule parlait.

La mère avait du mal à regarder sa fille qui cherchait à accrocher son regard.

Isabelle avait suivi l'institutrice :

— Bien sûr, lui avait-elle répondu mollement, il faut aller à la gendarmerie avec Valérie.

Pour autant, l'évènement n'avait pas encore pris corps dans son esprit. Dans un coin de sa tête, le doute s'immisçait sans qu'elle ne puisse l'empêcher. Elle connaissait sa gamine, ses simagrées pour faire l'intéressante, les anecdotes rocambolesques qu'elle racontait sans cesse auxquelles on finissait par ne plus croire. L'imagination de Valérie était débordante à tel point qu'il était difficile de faire la part des choses. Vrai ou faux ? En bien des circonstances, Isabelle s'était posé la question. Sa fille parlait tellement pour ne rien dire, se collait à qui passait sous son nez – enfants, adultes, et évidemment les voisins. N'avait-elle pas inventé toute cette histoire ? Bien sûr, le choc des propos de l'institutrice faisait son effet. L'horreur pétrifiait sa pensée.

En vérité, Isabelle avait entendu quelque chose. Dès la fin de l'été, Valérie lui avait parlé. De quoi ? C'était flou, sans queue ni tête. Elle n'y avait pas prêté attention. Il avait été question de Georges dans les mots de la fillette. « Non, aucun soupçon de méchanceté chez cet homme, avait jugé la mère. On ne peut pas en dire de même pour Simone… » Sans réfléchir au-delà, Isabelle avait balayé les propos de son enfant et Valérie avait refusé de retourner à la piscine après deux sorties. L'affaire avait été réglée au moment même où elle aurait pu éclore.

Aujourd'hui, le doute continuait à traverser Isabelle. Il lui était peut-être utile. Il gommait ce qu'elle-même n'avait pas voulu entendre. Surtout, il lui évitait de se sentir coupable.

L'air hagard, elle resta silencieuse dans les locaux de la gendarmerie.

Tout un temps, le gendarme Roth ne put en placer une face à l'institutrice. Elle portait des accusations, exigeait la protection des enfants, réclamait une condamnation. Elle parlait de sorties à la piscine, de mains baladeuses et de pire encore.

Il s'agissait de Valérie, mais aussi de Juliette.

— Vous vous rendez compte ? Sa propre petite-fille ! Qui sait, qui d'autre encore ? s'insurgea-t-elle avec force.

— Georges ? Pas possible ! répliqua le gendarme abruptement.

Georges était un « copain ». L'un de ceux avec lesquels on parle de tout et de rien devant un canon au comptoir du bistrot. Sans fixer de rendez-vous, il connaissait les jours et les heures auxquels il avait de grandes chances de l'y croiser à Helsting : « Tiens, v'là la Maréchaussée ! » disait invariablement Georges dès qu'il franchissait la porte.

Dans cette communauté d'hommes, loin des femmes, le temps pouvait s'éterniser. Tous dépassaient maintenant la cinquantaine. Ils perpétuaient le rituel de leur jeunesse, sans relève des générations suivantes. On y parlait exclusivement le *Platt*, le francique rhénan. On y buvait quelques petits verres de schnaps et plusieurs demis d'amer. « *Mit oder ohne* », « avec ou sans », demandait-on sans préciser le sirop de citron. Certains s'échauffaient, mais jamais Georges. Lui restait plutôt fairplay. Tenant bien l'alcool, il disait peu d'âneries et ne s'engouffrait pas dans la virulence de certains autres. En bref, un vieil homme calme que le gendarme Roth avait toujours connu. Quelqu'un de discret, d'immuable, d'apaisant. Quelqu'un qu'il aimait bien.

À écouter l'institutrice, l'image de cet homme tranquille volait en éclat.

La première pensée du gendarme Roth ne concerna pas les actes, mais la cabine de change des vestiaires : « Bon Dieu ! Pourquoi Georges s'y était collé avec les deux fillettes ? »

Il regarda Valérie.

L'enfant était mutique, le regard fuyant. Elle s'agrippait au corps de sa mère comme si elle voulait s'y fondre, y disparaître.

Pourquoi ne disait-elle rien ? L'agression aurait dû provoquer de la colère, la pousser à s'allier à son institutrice et à renchérir l'accusation.

Faute d'expérience en la matière et de formation à l'audition des enfants, les questions du gendarme Roth devinrent frontales, insistantes et suggestives :

— C'est faux ce qu'elle dit la maîtresse ou pas ? On n'a pas idée d'une histoire pareille ! C'est des sornettes ?

Aux interpellations directes qui trahissaient plus que de l'agacement, le gendarme ne récoltait que des sanglots.

— Dis-moi en vrai si Georges a fait quelque chose.

Par moments, l'enfant jetait de brefs coups d'œil empreints de terreur.

— Ça s'est passé ? insista-t-il lourdement. Oui ou non ?

Pour finir, Valérie acquiesça d'un faible mouvement de tête.

Le gendarme Roth se tut.

En contraste avec l'effervescence des trois premiers quarts d'heure, le silence s'imposa subitement dans la gendarmerie. Du temps suspendu, pas un mot. Du vide et du plein en même temps. Tout parut étrange, dans les têtes et les mouvements des corps. L'institutrice se balançait d'un pied sur l'autre, excédée. Valérie cherchait à se cacher derrière le corps de sa mère alors qu'Isabelle tentait mécaniquement de l'en décoller.

Le gendarme Roth était empêtré dans ses pensées, le regard figé sur l'enfant qui avait approuvé timidement l'existence d'une scène improbable.

Et Juliette ?

Georges parlait de temps à autre de sa petite-fille. Nul doute, il était un grand-père ordinaire, un mari et un homme sans histoire, ni retors ni roublard. Un homme droit qui n'avait jamais de contraventions, d'affaires civiles et encore moins pénales. Ses contacts avec les forces de l'ordre se résumaient à de la camaraderie. On n'avait jamais eu d'ennuis judiciaires avec lui, on se connaissait depuis toujours et l'on s'appréciait. Alors, pour le gendarme Roth, il fut difficile d'accorder crédit à cette petite inclinaison de tête.

— Je veux porter plainte, annonça soudainement Isabelle en brisant le silence de plus en plus pesant.

Ce furent ses premiers mots depuis son arrivée dans les locaux de la gendarmerie.

Plus d'autres choix. Le gendarme Roth devait voir Georges. Dès lors, il en aurait le cœur net. Il était nécessaire de s'expliquer, de parler de cette affaire, de démonter cette histoire. Il remettrait de l'ordre dans tous ces boniments. Il les étoufferait dans l'œuf, rapidement, avant que ne se propage l'once d'une rumeur. « Ça file tellement vite », pensa-t-il intérieurement. En moins de temps qu'il ne faut pour le dire, un simple bruit gonflait, se chargeait de détails mal assemblés et d'interprétations farfelues qui distillaient leur poison. Difficile, ensuite, d'en ressortir indemne.

Lorsque la fourgonnette bleue de la gendarmerie gagna la ferme, Georges sut d'emblée que quelque chose d'inhabituel se passait. En général, les gendarmes ne se garaient devant chez lui que pour tailler un brin de discute quand ils l'apercevaient sur son banc extérieur. C'était courant, mais plutôt en fin d'après-midi, rarement le matin. Jamais ils ne sonnaient.

Le chien Rocky aboya dès le premier tintement de sonnette. Il n'arrêtait plus. Cette visite inopinée l'excitait. Vif et nerveux, le berger belge ne cessait d'entrer et de sortir de la maison comme s'il hésitait à se défendre ou à accueillir les intrus. Avec son agitation désordonnée et ses aboiements incessants, l'ambiance devenait électrique, presque confuse. On ne s'entendait plus.

Sur le pas de la porte, le gendarme Roth était mal à l'aise, son jeune collègue prit le relais :

— Vous devez nous suivre au poste, monsieur, annonça-t-il seulement.

Georges obtempéra sans discuter. Il ne posa aucune question alors que Simone les multiplia tous azimuts pour obtenir une explication.

— Ce n'est rien, esquiva Roth. On te rend ton homme avant le repas de midi.

À leur départ, Rocky ne cessa pas ses aboiements.

En moins de dix minutes, Georges fit des aveux.

L'interpellation n'avait pas nécessité un interrogatoire poussé. Roth et son collègue n'eurent pas besoin de le sommer de répondre. L'homme avait parlé sans se défendre, les yeux rivés au sol, les épaules tombantes comme un petit garçon en attente d'une punition.

— Mais Georges ! C'est des gosses ! répéta en boucle le gendarme Roth d'une voix de plus en plus forte.

L'incompréhension le submergeait. Rien ne collait dans le tableau.

— Mais Georges ! C'est des viols que dit la p'tite ! hurla-t-il ensuite.

Face aux faits inimaginables, le gendarme Roth perdait pied et son sang-froid. Sous le coup de la colère, il provoquait Georges avec insistance dans le désir qu'il s'insurge, revienne sur ses déclarations et clame son innocence avec véhémence. S'il avait soupçonné quelqu'un de déviances malsaines, cela n'aurait certainement pas été Georges !

Le vieil homme, lui, n'était pas fier, mais il ne livra aucun autre sentiment.

Puis il signa les feuillets dactylographiés du procès-verbal sur-le-champ sans prendre la peine de les relire.

Un bref espoir traversa l'esprit du gendarme Roth. La piscine était en Allemagne. Avec des actes commis sur un territoire étranger, l'affaire ne relèverait sûrement pas de la juridiction française. Mais la perspective d'un « classement sans suite » s'évanouit dès son appel au procureur : la plainte d'Isabelle portée en France devait bel et bien être traitée !

Tout était terminé.

Ce n'est qu'après qu'eut lieu l'audition de Juliette.

À la suite des révélations de Valérie, elle ne dissimula rien. Avec lenteur, elle opina de la tête face aux enquêteurs qui reprenaient les propos de la petite voisine. Ensuite, ses quelques mots d'enfant décrivirent avec timidité l'horreur d'une agression dont elle n'avait pas idée.

CHAPITRE II

Le coup d'arrêt

Il était déjà bien tard dans la nuit. Les couloirs et les kiosques restaient allumés en continu même déserts. À cette heure avancée, tout semblait plus sale et blafard qu'en pleine journée. Les néons projetaient une lumière froide sur les murs aux couleurs délavées. Le choix des teintes, verdâtres et bleuâtres, n'avait rien à voir avec celles d'une résidence ordinaire. Avec la peinture des murs qui couvrait intégralement le plafond, l'espace perdait de sa hauteur. Les couloirs avaient l'allure d'étroits tunnels. Les pièces ressemblaient à des boîtes avec couvercle. Le sentiment d'enfermement s'en trouvait majoré.

L'heure tardive s'accompagnait d'une ambiance très étrange. Rien n'était tranquille pour autant. Plus on pénétrait au cœur du bâtiment, plus les bruits devenaient assourdissants. Sans âme qui vive dans le couloir, l'agression sonore y était à son comble. De part et d'autre, les postes de radio et de télévision à plein volume créaient une cacophonie de tous les diables. De fortes interpellations, des cris, des conversations et quelques insultes, grossières, éructées violemment se superposaient aux émissions des différentes chaînes de télévision. Par moment, un hurlement puissant surgissait comme un beuglement déchirant qui viendrait du fin fond des tripes. Il se prolongeait, plaintif et gémissant, dans les vives clameurs qu'il provoquait en réaction.

Le surveillant n'avait rien dit. Il raccompagnait Georges à sa cellule. Lui ne parlait pas non plus. Il déambulait comme un automate, observait la marche à suivre. Il se laissait mener et marquait un temps d'arrêt à chaque grille qui faisait obstacle au parcours : avant et après la grille. Le son brusque, bref et fort du claquement métallique signifiait alors que la marche pouvait reprendre. Chaque fois, Georges tressaillait.

Le labyrinthe des couloirs n'avait rien à voir avec ce qu'il imaginait de la prison avant d'y mettre les pieds. La maison d'arrêt n'avait pas ces multiples coursives, passerelles et escaliers échafaudés sur plusieurs étages scindés par des filets. Ce n'était pas l'image des films, celle de l'intérieur d'une carcasse de bête, en fer et en corde, monumentale et monstrueuse. Les cellules non plus. Elles n'avaient pas de grille coulissante qui en rendait l'intérieur visible en permanence. En fait, Georges ne connaissait rien des conditions de vie carcérale. Ce n'était pas son monde. Aucune de ses connaissances ne l'avait fréquenté. En vérité, cela n'était pas tout à fait juste, son frère avait été incarcéré. Mais c'était pendant la guerre, une tout autre histoire dont la famille et Léon lui-même ne parlaient jamais. Alors aujourd'hui, il se trouvait en terre inconnue.

Pourtant, Georges n'avait pas eu grand mal à encaisser le choc. Cela en était surprenant. Le plus étonnant encore était ses nuits. Dès les premiers jours, les cauchemars qui lui avaient pourri des dizaines d'années de sommeil avaient disparu.

Le surveillant s'arrêta devant la cellule. Il alluma l'intérieur de l'extérieur puis jeta un rapide coup d'œil dans l'œilleton avant d'ouvrir l'épaisse porte en métal.

Clac, clac, la porte se referma à double tour derrière Georges.

Clac, la lumière s'éteignit.

— Voilà !

Il n'y eut pas un mot de plus.

Georges resta debout, immobile.

Un homme dormait sur le lit en hauteur. Il ne s'était pas réveillé. Tout était calme. Les lits superposés prenaient quasiment toute la longueur gauche du neuf mètres carrés. En vis-à-vis, deux étagères et une tablette étaient arrimées au mur dans l'enfilade d'un petit espace à proximité de la porte, dédié au cabinet de toilette. Au milieu, Georges stationnait dans l'allée minuscule. Son regard fixait la fenêtre devant lui.

Enfin, il se sentit bien.

Il distingua des points lumineux dans la nuit. Certains s'éteignaient. Des appartements et leurs salons où traînaient encore les habitants ? Des chambres ? Des barres lumineuses striaient les blocs : certainement des bureaux déserts. Pourquoi personne ne se souciait-il d'éteindre les lumières ? Georges ne regardait pas les barreaux, mais par-delà le monde. Son regard s'accrochait à la fenêtre parce qu'elle était son rare contact avec l'extérieur.

Il avait mis des mois à gagner cette cellule en hauteur. Tout un temps, il avait stagné au rez-de-chaussée, en bordure immédiate de la cour intérieure. Les détritus s'accumulaient dans cette « mare aux canards ». Rien n'y faisait, ni la sanction à celui qui était pris à balancer dehors ses ordures, son pain, ou parfois l'intégralité de sa *gamelle*, ni le déblaiement plusieurs fois par jour par les détenus affectés à l'équipe de nettoyage. Même la fenêtre fermée, l'odeur putride était insoutenable, mais ce n'est pas ce qui contrariait Georges le plus. Le spectacle du ballet continuel des corneilles qui tournoyaient au-dessus du tas d'immondices ne lui suffisait pas. L'horizon n'existait plus. Il lui fallait voir dehors.

Maintenant de sa fenêtre du quatrième étage, il repérait un minuscule étang de pêche.

Sur le lit, l'homme endormi respirait fortement.

Georges éprouva une certaine sérénité. Il se sentait paisible, même si le bazar ambiant des cellules voisines se poursuivait. Il n'entendait plus. La porte verrouillée, il se retrouvait un peu chez lui. Ce soir en particulier, il en ressentait presque un bien-être.

Au cours de la journée, il avait pensé à plusieurs reprises à son retour en cellule, comme s'il l'attendait, voire le souhaitait. Sa cellule avait quelque chose de rassurant.

L'absence de poignée à la porte l'avait surpris au début. Seuls le cabinet médical et quelques bureaux administratifs où il se rendait rarement conservaient leurs clenches. Elles avaient disparu de l'environnement à tel point que le geste de la main se perdait en quelques semaines et que ceux qui sortaient restaient souvent les bras ballants devant une porte close avant de se réapproprier peu à peu le banal automatisme de son ouverture. Étonnamment, l'absence de poignée n'avait pas provoqué d'angoisse de claustrophobie chez Georges. L'idée de se trouver piégé comme un rat au moindre départ de feu ou à la première éclosion de violence imprévisible de son codétenu ne l'avait pas inquiété une seule fois. Sa cellule était son lieu, à distance de l'effervescence des couloirs, de l'atelier et des cours de promenade. Même la salle polyvalente où se déroulaient les cultes n'était pas épargnée. L'agitation, les échauffements et les coups de gueule l'avaient fait renoncer à s'y rendre après quelques tentatives seulement. Il n'allait plus à la messe. Curieusement, le petit sentiment de liberté qu'il éprouva lui apporta une sorte de satisfaction.

Georges regarda la tablette qui faisait office à la fois de bureau et de table à manger. Nettoyée, rangée, chaque chose en place. Au-dessus, une carte postale était accrochée au mur. Il la conservait, non pas parce qu'elle venait de son frère, mais pour le paysage de montagne, les Pyrénées. Au dos, les mots griffonnés de Léon n'avaient aucune importance. Georges avait gardé la carte pour la photo, le rappel du monde extérieur. Les hautes montagnes étaient râpeuses, leurs sommets encore enneigés, l'herbe au premier plan jaunie par le soleil. Le paysage ne lui était pas familier. Avec Simone, ils n'avaient dû se rendre que deux ou trois fois chez Léon durant toutes ces années. Le trajet interminable, en Diane puis en Renault 20, les avait menés d'une extrémité à l'autre de la France, en diagonale : difficile de faire plus long, une véritable expédition sur deux jours avec toute la quantité nécessaire en sandwichs préparés par Simone ! La gêne qu'il avait ressentie chez son frère, sa femme et leurs enfants lui restait encore en mémoire. La distance qui s'était glissée entre eux était trop grande et elle n'était pas que géographique. Néanmoins, la carte de Léon était précieuse à ses yeux. Même si les Pyrénées n'avaient rien à voir avec sa campagne verte à peine vallonnée, c'était pour lui un petit encart de nature dans sa vie bétonnée. L'herbe, les arbres, les champs étaient ce qui lui manquait le plus cruellement. Avec l'étang de pêche visible depuis la fenêtre et la carte postale, il s'accrochait un peu à ce qu'il avait toujours été.

Dans la pénombre, Georges ne bougeait pas. Enfin, il retrouvait une tranquillité. Curieuse journée…

Aujourd'hui, il n'avait rien dit dans le box des accusés. Il n'avait pas osé regarder les juges et encore moins les jurés. Tout juste avait-il aperçu la silhouette de Simone dans la salle d'audience, mais il n'avait pas cherché à croiser son regard. Huis clos du procès oblige, peu de monde occupait les bancs réservés au public. S'il avait voulu le faire, Georges n'aurait pas pu se remémorer l'identité des quelques personnes présentes tant il détournait les yeux. À l'extérieur, un petit rassemblement attendait sur le parvis du tribunal. Quelques habitants du village, pas franchement des proches, s'y étaient donné rendez-vous. Curieux et solidaires, ils affichaient leur colère et réclamaient que justice soit faite ! Georges n'eut même pas l'occasion de les croiser.

La journée avait été longue, entrecoupée par des passages en geôle au sous-sol. Il avait multiplié les allers-retours par des couloirs dérobés, toujours escorté, les poignets enserrés dans des menottes, mises et démises à répétition. Hormis quelques minutes en aparté avec maître Rodin, il avait alterné solitude en sous-sol et entrées dans la grande salle d'audience qui, chaque fois, l'avait fortement impressionné. Avec sa hauteur de plafond et ses nombreuses fenêtres, la pièce paraissait immense. Elle ouvrait sur une vaste place extérieure. Un vertige avait pris Georges face à tant d'espace. Cela ne lui était plus commun. Sa fréquentation du tribunal se résumait jusqu'alors à celle du bureau d'un juge d'instruction, étroit et encombré de dossiers empilés. Là, il s'était senti tout petit dans cette grande salle au décorum de monument historique. Son intérieur était majestueux. Les colonnes, les bustes sculptés et les rosaces au plafond le plongeaient dans un monde à mille lieues du sien. Les robes des magistrats, le respect du protocole et les propos solennels lui avaient fait la même impression. Alors il s'était retiré dans sa coquille. Il n'avait rien dit.

Les témoins avaient défilé à la barre. Le gendarme Roth, Isabelle… Simone, Corinne ? Georges ne savait plus. Il n'y avait pas eu d'enfants. Plusieurs experts avaient parlé de lui sans qu'il puisse se reconnaître. « Une personnalité immature », « un individu exempt d'affects » retenait-il seulement. Le vocabulaire technique et judiciaire avait brouillé sa compréhension. Lorsqu'il avait été question des petites victimes, l'avocat général avait insisté sur « leur enfance volée », leur innocence en prise avec un « manipulateur » et l'horreur d'actes « immondes » qu'il avait qualifiés de « pervers ». Georges s'était plus encore renfermé sur lui-même.

Il était resté impassible. Aucun mot n'avait franchi sa gorge au grand dam de son avocat qui présageait d'une sale tournure des choses. Les faits étaient indiscutables et l'attitude accablante de son client ne permettrait pas de limiter les dégâts. Pour lui, l'heure n'était plus à la défense, mais à l'appel d'une clémence.

Seul à seul, maître Rodin l'avait houspillé à plusieurs reprises :

— Montrez vos regrets ! Parlez de vos remords ! Dites que vous pensez aux enfants, que cela vous torture, que vous vous en voulez !

Georges ne pouvait s'exprimer, il encaissait sans broncher. Penaud dans le box des accusés, il regardait ses mains serrées l'une à l'autre entre ses cuisses. Lorsqu'il relevait la tête, son visage fermé et inexpressif affichait l'image de quelqu'un de froid, incapable d'une quelconque émotion. En réalité, il n'avait rien à contester ou à faire entendre. Ce qu'il pensait était peut-être qu'il était juste d'être là, finalement. En fin d'audience, il n'avait rien eu à dire non plus quand le président du tribunal lui avait donné la parole.

La délibération avait été tardive.

Dans sa geôle en sous-sol, Georges attendit de longues heures, moins préoccupé par la sentence que par le souhait que tout se termine enfin.

En bout de course, sa culpabilité fut reconnue sans aucune ambiguïté et il écopa de la peine maximale : « Des circonstances aggravantes », « Aucune circonstance atténuante »…

Les jurés n'avaient pu ressentir une quelconque compassion. Ce qui avait pu conduire cet homme ordinaire à commettre de tels actes resta une énigme.

Cette même journée, Simone s'était assise à l'extrémité de la salle des pas perdus. Recroquevillée en bout de banc, collée à un pilier.

Très tôt ce matin, elle avait observé de loin l'entrée du tribunal. Dès l'ouverture des portes, elle s'y était engouffrée, à la première heure, pour échapper coûte que coûte aux personnes qui auraient pu la connaître.

Des habitants d'Helsting prévoyaient de venir, elle le savait. Certains affichaient leur détermination à se glisser dans l'histoire et s'autoproclamaient défenseurs des enfants. Une petite délégation de gens du village s'était constituée pour se rendre sur place, bien décidée à faire le pied de grue même si l'accès au procès leur était vraisemblablement interdit. Ce qui comptait était de montrer son indignation, de se désolidariser de Georges et très certainement aussi de sauver l'honneur du village.

Dans le déferlement de haine qu'avaient provoqué les actes de Georges, Simone en avait pris pour son grade. Ce n'était pas venu tout de suite. L'arrestation avait suscité de l'incompréhension. Le petit encart dans *Le Républicain Lorrain* avait levé le premier voile. En quelques lignes, le correspondant local du journal y évoquait « une affaire de viol d'enfants ». Il mentionnait peu de détails hormis l'information qu'un sexagénaire avait été écroué la veille au soir. L'auteur et les victimes étaient anonymisés, pas le village d'Helsting ! Certains habitants avaient conservé l'article soigneusement découpé, tous avaient guetté les suivants dans la rubrique des faits divers.

Au début, l'effet de surprise ne rendit pas l'évènement vraiment réel :

— Qu'est-ce que c'est que cette histoire ? Georges, comment être sûr ?

L'homme ressemblait à tous les autres, il était l'un des leurs, pas franchement différent. Mettre Georges en cause était un peu les incriminer eux-mêmes, alors beaucoup ne purent y croire. Certains prirent sa défense et tentèrent de soutenir Simone.

Elle, ne dormait plus. Georges n'était pas revenu. La blanquette était restée en cocotte, la table dressée jusqu'au soir en ce fameux jeudi où il avait disparu dans la fourgonnette bleu marine de la gendarmerie pour ne jamais réapparaître. Le gendarme Roth était passé le lendemain, sans uniforme et en catimini. Dérogeant à son devoir de réserve, il lui avait résumé en trois mots la sale affaire qui s'annonçait.

— Ça sent mauvais, n'avait-il pas caché.

Le choc avait laissé Simone sans voix.

Lorsqu'elle retrouva l'usage de la parole, c'est à Rocky qu'elle s'était adressée violemment, le sommant de taire ses aboiements. La bête, tout comme elle-même, était en effervescence depuis la veille. L'attente anxieuse de son maître avait mis le chien dans un état de nervosité insupportable.

Ensuite, Simone n'avait pas posé de questions. Le gendarme Roth n'avait pas laissé le temps nécessaire pour qu'elles émergent. Il ne s'était pas éternisé et Simone s'était terrée dans sa maison. Sidérée. Un grand vide avait colonisé son esprit : aucune pensée. Un douloureux mal de tête l'avait abrutie jusqu'à l'arrivée de sa fille Corinne.

La salle des pas perdus était immense. Elle s'emplissait peu à peu en ce début de matinée. Des magistrats passaient et repassaient, les bras chargés de dossiers. Ils apparaissaient et disparaissaient derrière les lourdes et hautes portes en chêne qui encerclaient le vaste vestibule. Leurs pas pressés agitaient les longs pans de tissu noir de leurs robes. Leurs bavettes blanches volaient en arrière. On aurait pu se croire dans les coulisses d'un théâtre peuplées de corbeaux excités. Ce n'est pas ce à quoi s'attachait Simone. Elle regardait les personnes en civil. Plaignants ou accusés ? Certaines stationnaient dans la salle, premier sas à l'intérieur du tribunal, à proximité de leur avocat pour vite préparer une audience ou être rassurées à son issue. Habitués des lieux, des hommes, des femmes et même quelques enfants s'engageaient sans hésiter dans les deux escaliers monumentaux érigés de part et d'autre du hall d'entrée. Ils rejoignaient la coursive du premier étage où une multitude de portes bien plus petites restaient closes. Beaucoup de personnes ne trouvaient pas leur chemin. Perdues, elles erraient dans l'espace bien nommé. Les pas et les propos chuchotés devenaient graves et sourds. Le volume imposant du lieu faisait caisse de résonnance.

Simone attendait sur le banc, emplie du sentiment de ne pas être à sa place.

Si elle avait pu, elle ne serait pas venue.

Parmi tous ces inconnus, elle seule aurait droit à la plus grande des salles, celle qui voyait défiler depuis des siècles les meurtriers, les braqueurs de banque et de fourgons blindés. Les pires criminels que la France pouvait compter, les ennemis publics dont on entendait parler à la télé. Elle aussi pénètrerait dans la cour d'assises. Qu'avait-elle en commun avec eux ? Elle aurait tant voulu ne pas venir.

De loin, son attention se porta sur les policiers qui filtraient l'entrée du tribunal. Personne de sa connaissance ne s'était rendu jusque dans la salle des pas perdus. Elle les savait là, dehors, prêts à la prendre à partie, à clamer leur dégoût et leur hargne. Parmi eux, peut-être Louise, probablement la fille d'Ernest, sûrement la sainte nitouche de Claudine… Qui encore ? Ils entoureraient Isabelle, gonfleraient la colère de son mari exceptionnellement présent pour l'occasion. Penseraient-ils aux enfants ? Leurs propos incendieraient Georges, ils entacheraient Simone par contagion. Elle le savait par expérience : pas besoin de l'entendre. Pourtant, quelques-uns étaient venus la réconforter les premiers mois.

Au dévoilement de l'affaire, Helsting s'était fractionné. Georges était dans toutes les bouches, dans l'intimité des maisons, dans la rue, sur le parvis de l'église et au bistrot. Chacun y allait de sa version. Tout fonctionnait comme si l'instruction à charge et à décharge s'était déplacée dans le village.

— Ce n'est pas possible. Il y a erreur sur la personne, entendait-on à l'époque.

Simone ne croyait pas à cette histoire. Georges ne pouvait pas être un « salaud ». Pas lui, pas son mari depuis quarante ans. C'était tout le contraire Georges ! Il était plutôt mou, ne prenait pas d'initiative, se serait laissé emberlificoter facilement si elle n'avait pas veillé au grain. Heureusement que Simone gérait. Sans elle, qui sait s'il n'aurait pas dilapidé ses terres, dépensé sans compter l'argent du ménage et laissé tomber en ruine la ferme de sa mère ? Grâce à elle, ils avaient été les premiers à disposer d'un confort moderne. Aujourd'hui encore, leur maison était l'une des plus belles du village. Bien sûr, elle provoquait des envieux…

Depuis toujours, Simone décidait, Georges exécutait. Mais, elle le poussait tout de même un peu pour qu'il agisse.

— C'est elle qui porte la culotte, cancanait-on fréquemment à Helsting à propos de leur couple.

Ils avaient fonctionné de cette manière dès les premiers temps de leur mariage. Sans avoir eu besoin de se concerter, c'était l'équilibre qui s'était imposé. Imaginer Georges attaquer des enfants aujourd'hui était impensable pour Simone. À le fréquenter toutes ces années, elle le connaissait par cœur :

— Comme si je l'avais fait, pouvait-elle dire. S'il avait commis quoi que ce soit, je l'aurais su.

« Ça vient d'Isabelle… », pensait-elle en extrapolant une médisance effarante de sa voisine.

Simone n'était pas la seule au village à douter des propos de Valérie. Tous connaissaient sa recherche d'attention sans borne, son absence de retenue qui frisait l'irrespect, son goût à s'immiscer dans les affaires d'adultes. « Une *raoudi* », disait-on en relevant son caractère de petite effrontée qui n'avait pas froid aux yeux.

— Qui sait ce qu'elle serait capable de raconter ?

On oubliait son âge, on pensait à l'envers. Le discours s'inversait. Sans s'entendre parler, on bousculait les places. Cette gamine manquait de pudeur, ne freinait pas ses élans de tendresse. Elle pouvait s'accrocher au cou du premier quidam de la rue sans réellement le connaître et s'asseoir sur les genoux d'un inconnu sans y être invitée. Certains se disaient à l'oreille :

— Qu'avait-elle dit et fait à Georges pour en arriver là ?

Toute une partie d'Helsting s'insurgeait de l'affaire monstrueuse en se trompant d'objet. Elle préservait Georges.

L'autre partie le condamnait sans attendre le procès. L'horreur des actes ne pouvait s'imaginer, elle agressait les esprits et semait l'angoisse chez les mères. Il fallait bannir Georges du village, protéger ses petites-filles pour ne pas en retrouver d'autres entre ses griffes :

— Deux victimes déjà ! Combien encore si ce monstre n'avait pas été arrêté ?

— Sur qui lorgnait-il à la sortie des classes ?

— Mon Dieu ! Qui s'était rendu chez lui ? Qui était monté dans la vieille Renault 20 ? …

Les suspicions enflaient.

Des scénarios s'échafaudaient.

On n'hésitait pas à remonter le temps, à affirmer que l'homme n'avait jamais paru très « net », plutôt louche même. Il parlait peu, s'occupait trop des enfants… Quelques habitants réclamaient haut et fort la perpétuité en regrettant la toute récente abolition de la peine de mort. L'urgence était d'empêcher l'homme de nuire, à jamais !

La passion se mêlait au débat. Dans l'un et l'autre camp, la déviance ne pouvait exister : « Pas chez nous ! » Soit les villageois étaient aveuglés parce que Georges était l'un d'entre eux, soit ils luttaient pour qu'il ne le soit surtout pas. Selon le cas, on plaignait ou l'on accusait Isabelle :

— Quel malheur pour une mère ! compatissaient les uns, soulagés tout de même de ne pas être à sa place.

— Avec une mère qui laisse sa fille se gérer seule et un père jamais là, pas étonnant que l'enfant n'ait aucune éducation ! arguaient les autres.

Les propos arrivaient jusqu'à Simone même si elle multipliait les efforts pour éviter les confrontations directes. Le risque de croiser quelqu'un était aussi celui d'être assimilée à Georges. L'idée qu'elle y soit pour quelque chose n'était jamais loin. Elle n'avait rien vu, avait laissé faire et ne s'était pas occupée correctement de son homme.

Simone passait maintenant la grande partie de son temps à l'intérieur de la maison, ne sortait le chien qu'à l'arrière, sans se montrer. Elle lui ouvrait simplement la porte de la remise, restait en retrait. Rocky vaquait dans les mauvaises herbes, aboyant à tort et à travers en direction de ceux qui jetaient un œil par derrière les champs. Le potager délaissé marquait l'absence de Georges. À l'intérieur, les menus travaux de bricolage qu'il ne réalisait plus en témoignaient aussi. La lampe de chevet n'avait plus d'ampoule, la serrure de la buanderie fermait mal et la cuve frisait dangereusement la fin de la réserve de fioul.

Simone était seule. Même avec sa fille Corinne, les relations étaient devenues très compliquées. Pour cause, il y avait Juliette…

Jusqu'à son arrivée en cette grande salle du tribunal, l'ambivalence n'avait pas quitté Simone. Georges ne pouvait pas être un criminel. Pourquoi aurait-elle passé sa vie avec lui sinon ? La remise en question était trop radicale. Elle ne concernait pas que Georges, elle-même ne pouvait pas être la femme d'un tel individu.

Évidemment, il y avait Juliette. Simone s'était trouvée entre deux feux. La tentation était grande de se dire que l'enfant n'avait aucun discernement, elle présentait une telle inconsistance. Quand elle parlait, on se rendait compte très vite qu'elle ne comprenait pas grand-chose. Souvent, elle était décalée. Déjà grande, mais si petite dans sa tête en réalité. Elle ne pouvait pas avoir conscience de ce qu'elle disait. Tout de même, ses mots avaient été très clairs lorsqu'elle avait confirmé cette histoire pendant l'enquête. Qu'en penser ? Simone en était empêchée, elle bloquait et ne cherchait pas à savoir. Ce qu'elle voyait était que l'enfant continuait sa route sans émotion particulière. Quand la P'tite Juliette avait reparlé de Georges, elle avait seulement demandé à sa grand-mère quand elle reverrait Papy Jo. Un sourire aux lèvres avait illuminé sa question.

Les premiers temps, Simone avait partagé sa sidération, soudée avec Corinne. Aujourd'hui, sa fille ne venait plus que très rarement à la maison. Il était convenu que chacune se rende au procès par son propre moyen de locomotion.

L'arrivée de maître Rodin au tribunal devança celle de Corinne. Il franchit l'entrée, pressé, enfilant sa robe tout en marchant. Son regard balaya le hall à la recherche de Simone. D'un petit signe de la main, il l'invita à le suivre.

Le public clairsemé avait déjà pris place lorsque Georges pénétra dans la salle des assises. Simone reconnut son costume, le seul qu'il possédait, sa tenue réservée pour les grandes occasions : chemise blanche, veste et pantalon marron plutôt défraîchis. Seule la cravate manquait. « Les habits auraient mérité un coup de fer à repasser », ne put-elle s'empêcher de penser. Comme chaque fois, Georges avait l'air déguisé. Ce n'était pas vraiment lui, Simone en fut troublée.

L'homme était coiffé, rasé de près, sur son trente et un. Malgré cela, il n'avait aucune prestance. Le regard baissé, il avait tout de quelqu'un qui encaisserait les coups. Il paraissait ignorer la salle, sa femme et plus encore Corinne.

Tout au long du procès, l'attitude de Georges perturba Simone. Le voir encadré d'uniformes dans le box des accusés était irréel et incongru. Elle espérait vainement un miracle. Si seulement un témoin de dernière minute, une nouvelle pièce au dossier avaient pu réhabiliter son mari ! Par enchantement, son innocence serait alors reconnue et ce procès n'aurait plus lieu d'être. Tous se lèveraient pour quitter cette salle où ils n'auraient jamais dû mettre les pieds. Mieux encore, l'affaire serait effacée. Comme par magie, elle n'aurait pas existé.

Mais la procédure suivit son cours.

Les comptes-rendus d'instruction, la reconstitution des faits, les expertises médico-légales et psychiatriques se succédèrent inexorablement. Des témoins furent appelés à la barre. Parmi eux, l'institutrice, le gendarme Roth, Corinne en pleurs. Il fut question de leur vie, dévoilée sans pudeur, étalée crûment. Même l'hystérectomie qu'elle avait subie fut mise sur le tapis.

Pendant des heures, Simone eut énormément de mal à entendre la lecture des rapports, les témoignages, les plaidoiries des uns et des autres. Son cerveau refusa de se connecter. Elle assistait de l'extérieur à une scène où la parole et le temps étaient régulés et comptés.

Acte après acte, le président sur l'estrade, entouré de ses assesseurs, orchestrait les débats.

Georges restait mutique, et Simone à distance. Tous deux n'y étaient pas.

Enfin, elle quitta le tribunal sans attendre le verdict.

Dans sa précipitation, elle ne prêta aucune attention au petit groupe posté sur le parvis qui chercha à la harponner. Peut-être même ne les vit-elle pas ? Il lui fallait fuir.

Durant dix mois, Georges avait attendu son procès. La notion du temps se distordait en prison. Connaître les jours de la semaine devenait problématique, il lui arrivait de se tromper sur le mois en cours. Toute son attention portait sur l'instant présent. La vie s'organisait à l'échelle d'une journée. Là, le temps paraissait infini. Les heures et les minutes s'étiraient, emplies de rien, avec l'attente en maître mot de tout.

La moindre demande prenait un temps incommensurable pour aboutir. Ce qui aurait pu se régler tout de suite à l'extérieur se chargeait de lenteur à l'intérieur. L'écrit exigé pour chaque chose ralentissait les démarches. Georges qui n'avait jamais été très à l'aise avec un stylo en main, avait réclamé peu de choses : tout au plus une consultation dentaire obtenue après de nombreuses nuits d'insomnie en proie à la douleur insupportable d'une molaire, et un transistor. L'autorisation de *cantiner* l'appareil mit deux longs mois, le recevoir un bon mois supplémentaire. Depuis, Georges ne demandait plus rien. Bien d'autres détenus en devenaient fous. Pris dans une dépendance totale, ils imaginaient rapidement la mauvaise volonté du gardien. L'agressivité redoublait avec le sentiment d'être soumis à son bon vouloir. L'exigence s'en trouvait décuplée. Dans l'immédiat, le téléviseur en panne devait être changé, le parloir accordé, la cartouche de cigarettes livrée.

Georges ne se mêlait pas aux mouvements d'humeur explosifs.

Il restait calme et stoïque alors qu'intérieurement la trouille le prenait au corps dès qu'il quittait sa cellule. Les autres détenus lui faisaient peur. En groupe surtout. Dans les déplacements, il était ordinaire de stationner à plusieurs devant une grille avant que le surveillant du kiosque n'en actionne l'ouverture automatique. Alors Georges sentait monter l'angoisse en lui. Il évitait le centre de l'attroupement, cherchait un mur à la périphérie pour n'avoir personne dans le dos et calculer l'angle de vue qui n'échapperait pas au gardien. Lors du retour de promenade et de la sortie d'atelier, jusque quinze à vingt personnes pouvaient s'agglutiner dans le couloir. L'agitation était à son comble, les invectives publiques, les règlements de compte invisibles et les occasions faciles.

Georges n'avait jamais eu d'ennuis, mais sa crainte ne faiblissait pas pour autant. Il n'avait pas subi de mauvais coups en douce, pas de harcèlement, pas de racket. Cela était bien étonnant pour un *pointeur*. Personne ne les aimait ceux-là. Ils attiraient le mépris, la violence verbale et souvent physique chez les autres détenus, chez certains surveillants aussi. L'abuseur sexuel occupait la dernière place dans la hiérarchie carcérale, en bas de l'échelle, même pas un homme. On le repérait vite, on déchargeait sa rage, seul ou à plusieurs, comme sur un punching-ball qui encaissait les coups passivement. Les délinquants sexuels se révélaient bien utiles par ailleurs. En place de bouc émissaire idéal, ils permettaient de restaurer une certaine morale, de se sentir à nouveau quelqu'un d'honorable et de respectable. On « pointait » la brebis galeuse pour montrer qu'on était différent, tout en passant sous silence ses propres agressions envers les plus faibles dans l'intimité d'une douche ou d'une cellule. Attaquer une femme n'était pas toléré. La violenter sexuellement, encore moins. Prendre sa défense dans cet univers asexué authentifiait qu'on était toujours un homme, fort de sa virilité. Elle était magnifiée certainement bien plus qu'à l'extérieur, lui rendre justice valorisait.

Alors, quand la victime était un enfant, c'était le summum ! Lui était sacralisé. Les verrous sautaient plus rapidement encore, leurs abuseurs n'étaient pas loupés.

Le phénomène n'était pas pris en compte par l'administration pénitentiaire en ce milieu des années 80. Les auteurs de crimes et de délits sexuels atterrissaient peu en prison, leurs conditions de détention n'étaient pas réfléchies pour leur garantir un minimum de protection.

Étonnamment, Georges passa entre les mailles du filet.

« T'es là pour quoi ? » était toujours la première phrase. Un pedigree à donner dès l'installation dans une cellule, les premiers pas dans la cour de promenade, le croisement dans un couloir. Le chef d'inculpation posait son homme, organisait les contacts et mettait de l'ordre.

Les premiers jours, Georges ne put répondre. C'était moins de l'autoprotection qu'une difficulté à se reconnaître auteur des faits qui lui étaient reprochés. Il les avait avoués, certes, mais ils restaient factuels, distants de leur atrocité, éloignés de sa conscience. Il les avait décrits au gendarme Roth, aux policiers chargés de l'enquête puis au juge d'instruction, comme s'il avait raconté une histoire où lui-même était simplement l'un des protagonistes.

« T'es là pour quoi ? » devint pressant, redondant.

Alors spontanément, sans l'avoir prémédité ni identifié d'où lui vint l'idée, il lâcha :

— Un problème avec le fisc.

C'était dit !

L'homme n'affichait pas de mine déconfite. Il n'avait pas l'allure de certains qu'il suffisait de regarder pour percevoir qu'un sentiment de honte ou de culpabilité les rongeait. Avec eux, on creusait. L'interrogatoire se faisait plus musclé que dans les locaux du poste de police et l'on finissait toujours par savoir le fin fond de l'histoire. L'absence insistante de réponse, le détournement du regard, un bref mouvement de panique mettaient la puce à l'oreille. L'indélicatesse de certains surveillants aidait parfois. Chez Georges, aucune émotion ne transparaissait, on le laissa tranquille. Peut-être que son âge y fut pour quelque chose. La population carcérale comptait peu de vieux à l'époque : une poignée d'escrocs en « cols blancs », quelques usurpateurs et joueurs pathologiques, de rares figures du grand banditisme.

Personne n'eut une quelconque raison de douter de son histoire de fisc. Mais, même préservé, Georges continuait à être terrifié.

Grand et droit, il ne laissait échapper aucun signe de son agitation interne où de brutales sensations de chaud et de froid s'entrechoquaient et où les battements du cœur s'emballaient. En fait, il fonctionna comme durant toute sa vie. Plutôt que d'exprimer ce qu'il ressentait, il bétonnait. La carapace était épaisse, elle le protégeait du monde, des autres et de lui-même. Il se mettait en retrait.

En ce lieu de mise au ban de la société, il ne fit aucun effort pour s'inscrire dans la microsociété reconstituée à l'intérieur de la maison d'arrêt. Georges évita la cour de promenade, ne demanda pas à travailler aux ateliers ni à se rendre en salle de sport. Ses sorties de cellule se raréfièrent. En résulta une double exclusion, choisie pour une part.

En dix mois d'instruction, il vit défiler un bon nombre de détenus dans son neuf mètres carrés : un turn-over impressionnant d'hommes jeunes sous le coup de courtes peines, des voleurs d'autoradios, des trafiquants de shit, des réfractaires à leur reconduction à la frontière, des conducteurs sans permis…

L'un d'eux passa de longues nuits à pleurer comme un bébé. Âgé d'à peine dix-neuf ans, lié à une petite copine sur le point d'accoucher, il comptait une trentaine de cambriolages à son actif. Dans le lot, il était incapable de se souvenir précisément de certains.

Georges n'en sut pas plus.

Un second criait haut et fort avoir broyé la mâchoire d'un homme qui s'était approché trop près de sa femme.

— Peu importe la taule, c'est une question d'honneur, clamait-il. À choisir, je le referais !

Coutumier des lieux, il connaissait par cœur la prison et ses usages. Il en portait les marques : les cinq points sur la main et plusieurs tatouages – croix, cœurs et dague – aux traits grossiers et imprécis qui trahissaient l'amateurisme de leur réalisation. L'homme s'échauffait vite. La tension monta subitement d'un cran le jour où les visites de sa femme se transformèrent en *parloirs fantômes*. Avec lui, Georges attendait impatiemment le moment de se retrouver seul en cellule. Heureusement, quelques peines de *mitard* sanctionnèrent cette forte tête et lui amenèrent un peu de répit.

La grande majorité des autres qui partagèrent son intimité se dirent innocents. Georges n'engageait pas la conversation et peu d'entre eux s'épanchaient sur leur parcours.

En fin de compte, Georges eut tout de même de la chance dans ces cohabitations forcées. L'agressivité qui s'exprimait ne se dirigeait pas vraiment contre lui, mais contre le système, le juge, les *matons*, contre celui qui ne réglait pas ses dettes ou qui avait *balancé*. Georges, qui aurait pu être leur père voire leur grand-père, était épargné. Il profitait du bénéfice de l'âge pour lequel subsistait toutefois un certain respect.

Le vieil homme entendait les insultes, les menaces et les plans de vengeance sans les écouter. Il laissait passer l'orage dans l'attente du départ du codétenu. Par bonheur, beaucoup saisissaient l'occasion de quitter la cellule dès qu'elle se présentait pour gonfler leurs muscles en salle de sport ou glaner quelques cigarettes en cour de promenade. Les plus misérables ne manquaient pas de sortir pour y chasser les mégots à terre, à l'affût de quelques bouffées volées.

Confiné en cellule, Georges subissait chaque chose qui rythmait le temps des autres détenus dans une chronicité et une répétition quotidienne : l'heure de la *gamelle*, l'appel pour la promenade, l'atelier, les visites au parloir, la douche, la distribution de courrier et celles des médicaments. Reclus, il assistait au mouvement bouillonnant carcéral sans se sentir réellement concerné.

Pour lui, la journée n'en finissait pas. Les heures et les minutes s'allongeaient démesurément. Les émissions de télévision ne pouvaient le distraire. Elles se succédaient comme un disque rayé. La surenchère d'informations l'abrutissait. Les nouvelles du monde extérieur ne l'intéressaient plus. Sitôt seul, il éteignait le poste.

Les petits riens se chargèrent d'importance, meublèrent le vide, instant après instant.

Georges ralentit son rythme.

Ses actes et ses pensées prirent plus de temps. Même lorsqu'il mangeait, il mastiquait lentement, bouchée après bouchée, pour gagner quelques minutes. Faire son lit, ranger ses quelques effets personnels et s'acquitter des maigres tâches ménagères tiraient en longueur. Il les exécutait consciencieusement alors qu'elles n'avaient jamais occupé sa vie d'avant. À cette époque, le règlement pénitentiaire autorisait une bière par jour. Georges reportait ce petit plaisir d'heure en heure comme pour se donner un but à atteindre. Une façon de tromper l'attente. Il ne la consommait qu'en milieu d'après-midi, lentement, jamais dans un moment de partage, mais toujours seul.

Ensuite, il tuait le temps, impatient qu'arrive la nuit pour plonger enfin dans le sommeil. Dormir devint une trêve, une véritable évasion, l'arrêt de toute attente. En moins de quelques semaines, la lumière aveuglante, allumée en cellule à chacune des quatre rondes de nuit du personnel de surveillance, ne provoqua plus son réveil.

De jour, Georges passa de longs moments, la tête vide, statique devant sa fenêtre.

L'hiver fut rude. Les allées et venues au petit étang visible depuis le quatrième étage se raréfièrent. Georges y avait remarqué des habitués, deux ou trois mordus de pêche qui n'hésitaient pas à y rester des heures, immobiles, eux aussi, y compris par temps de pluie.

Dès les premières belles journées de printemps, une famille nombreuse y pique-niqua. Des enfants grouillaient, des mères s'affairaient à l'organisation du repas, mais aucun son ne pouvait atteindre Georges. Même les vifs éclats de voix et les rires étaient couverts par le bruit continu d'une voie à grande circulation à proximité. Aucun angle de vue ne lui permettait d'apercevoir les voitures de sa fenêtre.

Sur une période de trois semaines, une jeune femme vint chaque soir en bordure de l'étang. Ses gestes et ses baisers envoyés en direction de la maison d'arrêt ne s'adressaient pas à Georges. Néanmoins, il attendait jour après jour l'heure du contact avec cette inconnue. Lorsqu'il s'interrompit, le rendez-vous qui était devenu un rituel lui manqua. L'élu était-il sorti ? La direction de la prison avait-elle mis son véto ?

De son côté, presque personne ne s'était manifesté depuis qu'il était enfermé. Seule Simone était venue à deux reprises.

Le premier parloir l'avait surpris. Quatre mois après son défèrement, il ne s'attendait pas à la visite de sa femme lorsqu'il prit part au groupe appelé pour le *parloir famille*. Ce n'est qu'en pénétrant dans le petit box qu'il sut qu'il s'agissait de Simone. Elle était habillée comme si elle sortait en ville : sa veste de tailleur, des bas nylon et les escarpins en cuir à talons plats qu'elle mettait pour faire les magasins.

Pris de court, Georges ne trouva rien à lui dire. Les banalités des propos de Simone tentaient de masquer le malaise : la parka en velours qu'elle avait déposée à l'entrée, les deux pantalons et les grosses chaussettes en laine pour l'hiver, la venue de Léon au village qui n'avait pas fait le crochet par la ferme pour la saluer, Rocky qui l'insupportait… Les quelques phrases échangées en *Platt* provoquèrent l'injonction du surveillant des parloirs de dialoguer en français. Le silence s'imposa, grandissant au fil des quarante minutes que dura la visite.

Simone soupirait, incapable de livrer ce qu'elle avait sur le cœur. Intuitivement, Georges redoutait qu'elle ne se mette à parler.

Cela avait été long.

La deuxième fois, il eut plus de temps pour appréhender sa venue. Les reproches fuseraient. C'était sûr, elle lui demanderait de s'expliquer ! Il n'en fut rien.

Simone présenta à nouveau sa mine des mauvais jours. Le corps affaissé, elle semblait porter tout le malheur du monde sur ses épaules, mais elle n'évoqua pas l'affaire, ni la P'tite Juliette ou la petite voisine. Tout au plus, posa-t-elle quelques questions à Georges sur la détention :

— C'est comment dedans ? Il paraît qu'il y a la télé en cellule maintenant ? Il y a du chauffage ? Des voyous ?

Lui n'avait rien à raconter. De toute manière, ses maigres réponses étaient à peine entendues par Simone.

Les quarante minutes avaient été encore plus longues.

Ensuite, il n'y avait pas eu d'autre parloir jusqu'au procès.

C'est maître Rodin qui avait insisté pour qu'il y comparaisse en costume. C'est lui et non Simone qui avait déposé les vêtements au kiosque d'entrée de la maison d'arrêt.

Simone l'avait trouvé amaigri au parloir.

Physiquement, Georges n'avait jamais été une petite nature. Grand pour sa génération, le corps musclé par des dizaines d'années de labeur. Vieillissant, il conservait l'allure de ces hommes qui ont travaillé dur toute leur vie. Lorsque les travaux d'aménagement de la ferme avaient pris fin, il avait entamé la construction de la maison de Corinne, de ses mains, épaulé par quelques copains du village. Le gros œuvre et les travaux de terrassement ne l'avaient pas arrêté. Depuis, le pavillon de leur fille rivalisait sans rougir avec ceux des constructeurs professionnels des voisins dans un des lotissements récents d'Helsting.

Mais mentalement, c'était tout autre chose ! Simone l'avait toujours jugé plutôt faible. Les nombreuses fois où elle se plaignait, Georges courbait l'échine, sans un mot de riposte. Face à l'évitement, les reproches de Simone redoublaient. Elle n'avait de cesse de le critiquer, ne lâchait rien, surenchérissait à n'en plus finir, dépassée par un énervement démesuré comme un adulte en perte de toute bienveillance envers un enfant.

Alors au parloir aussi, elle aurait voulu déverser sa rancœur, lui faire porter sa douleur et lui enfoncer plus encore la tête sous l'eau. Mais aucun mot ne put sortir de sa bouche. Parler de l'affaire lui aurait donné une existence. Rien qu'y songer menait Simone dans un désert d'incompréhension. L'évocation des faits la plongeait dans une aire où toute pensée rationnelle disparaissait. Seul surgissait un bref sentiment de répulsion et de honte qu'elle colmatait au plus vite. C'est certainement pour cela aussi qu'elle mit tant de temps à visiter Georges. Poser le pied en prison conférait davantage de réalité à toute cette histoire.

Pendant des mois, elle s'était contentée d'assurer les questions matérielles : l'envoi des mandats et la gestion du linge. La première fois, maître Rodin l'y avait poussée. Simone avait vidé le côté gauche de l'armoire de la chambre, celui de Georges, pour fourrer tout et n'importe quoi dans une grosse valise de voyage qu'elle avait eu du mal à fermer. Si elle avait pu, elle y aurait mis la totalité des effets personnels de son mari, outils de bricolage compris. Le tri avait été nécessaire, le transvasement des vêtements dans un gros sac plastique également et Simone était repartie de chez maître Rodin avec sa valise emplie aux trois quarts. Depuis, elle ne passait plus par l'avocat, mais déposait son sac directement au kiosque d'entrée de la maison d'arrêt sans y pénétrer, le troquait contre quelques habits sales qu'elle récupérait.

La démarche lui coûtait. Chaque fois, elle se promettait que c'était la dernière. Simone quittait Helsting comme une voleuse par le premier bus du matin et rentrait par le dernier du soir pour éviter les horaires d'affluence. Le regard braqué sur la vitre de l'autocar à l'aller et au retour, elle fixait son attention sur le paysage qui défilait sous ses yeux, le gros paquetage coincé à ses pieds. Elle aurait voulu être une anonyme, une simple voyageuse, une banale villageoise en route pour un tour en ville. Mais personne n'était dupe à Helsting, chacun avait compris son petit manège avec les sacs plastiques. Comment justifier qu'elle continuait à être la femme de Georges ? À s'occuper de son linge comme elle l'avait toujours fait ? À fonctionner comme si de rien n'était ? Simone aurait souhaité agir en secret, ne pas subir les regards de désapprobation qu'elle sentait se poser méchamment sur elle, ne pas être tiraillée par le qu'en-dira-t-on, ne pas s'exposer aux remarques des langues de vipère qui ne manquaient aucune occasion pour cracher leur venin. La pire d'entre elles était Isabelle.

« Voilà qu'elle se réveille celle-là, grondait intérieurement Simone, prête à saisir le premier prétexte pour nous ternir ! C'est maintenant qu'elle se souvient qu'elle est mère ! »

Rien ne l'incitait à éprouver un soupçon d'empathie. Isabelle cristallisait sa colère qui devait bien s'exprimer quelque part. Dans son aveuglement, Simone supposait même que la mère de Valérie en tirait quelques bénéfices. Brandir son enfant victime ne l'arrangeait-elle pas ? Enfin, elle occupait sa place de mère. Plus que jamais, en mère éplorée.

Corinne, elle, avait décidé de ne plus être la fille de Georges. Elle mettait un trait définitif sur leur histoire. Si cela avait été recevable par l'état civil, elle aurait demandé à rompre les liens de filiation. Pour elle, impossible de s'y inscrire. Pour Juliette, selon elle, encore moins. Les actes bousculaient tout entendement. Ils déconstruisaient l'essence même du lien d'un père à sa fille. Ils attaquaient le fondement de la vie des hommes. Directement ! Dans le mouvement, elle-même et la P'tite Juliette se confondaient.

Jusqu'alors, le cordon n'était pas véritablement coupé. Aucun homme dans sa vie ne s'était préoccupé de Juliette ni lui avait donné son nom. Toutes les femmes et filles de la famille avaient endossé le même patronyme. Aujourd'hui, Corinne aurait souhaité en changer, ne plus porter celui de son père. À défaut, elle quitta sa maison, l'œuvre de Georges, pour s'installer en ville, à vingt kilomètres d'Helsting.

Dans ces conditions, il lui fut très difficile de côtoyer sa mère. Pourtant, elles avaient partagé leurs larmes au début. Mais l'audition de Juliette avait été le moment de bascule.

Lorsque Corinne avait lu la déposition de sa fille, l'écœurement avait pris le dessus. L'horreur gomma ses souvenirs d'enfance. Elle se mit à en douter un bref instant avant de tout rejeter en bloc : le père calme et attentif de ses premières années, le père compréhensif quand elle s'était retrouvée seule à la naissance d'un enfant alors que Simone en était devenue hystérique, le père qui s'était démené pour lui assurer un avenir serein et un toit pour elle et sa petite… Georges n'était plus rien, il n'avait plus droit de cité.

Entendre Juliette en parler lui devint insupportable. Elle lui interdit de le nommer « Papy Jo ». La fillette ne paraissait pas souffrir des ignominies subies. Cela était incompréhensible à Corinne de la voir si tranquille. Elle ne percevait pas d'atteintes et de peines à l'âme chez Juliette qui auraient exigé de resserrer les liens. Plus qu'avant, Corinne en aurait eu besoin. À deux, elles se seraient soutenues l'une l'autre. Mais là, elle était seule comme jamais et le reprochait presque à Juliette.

Avec Simone, une distance s'était creusée peu à peu parce qu'il ne pouvait être question réellement de Georges dans leurs rencontres. À aborder le sujet, Corinne récoltait une chose et son contraire. La fille voulait secouer sa mère pour qu'elle avoue son soutien à l'un ou l'autre camp : il fallait choisir ! Mais Simone restait flottante, déconnectée de la réalité. Corinne voyait bien qu'elle avait lavé le linge de Georges à quelques reprises. Les sous-vêtements, polos et pantalons sales avaient une étrange odeur, une forte senteur corporelle mêlée de poussière, de tabac et de souillures. Une odeur à faire vomir. Elle avait reproché à Simone leur présence sur l'étendoir à linge dans la buanderie comme si l'homme lui-même était là. Il continuait à être chez lui et s'imposait dans un lieu d'où il était banni.

— La meilleure des choses est de divorcer. Pense à moi, pense à la P'tite Juliette. Tu ne peux plus faire l'autruche. C'est dit, c'est fait, personne ne peut accepter les horreurs de Georges ! répétait-elle avec insistance tout en mettant un point d'honneur à ne plus l'appeler « papa ».

À cela aussi, Simone ne répondait pas. Elle attendait juste le départ de sa fille et le soulagement qu'il lui procurerait.

Les visites de Corinne devinrent de moins en moins fréquentes et sa mère s'en satisfaisait. Jusqu'au jugement cependant, la rupture entre elles ne fut pas totalement consommée.

Simone apprit la longueur de la peine par un appel de maître Rodin, tard le soir. La condamnation ne se comptait pas en mois, mais en années. Curieusement, l'instruction ne l'avait pas préparée à cette éventualité. Plusieurs nuits d'insomnies furent nécessaires avant qu'elle ne le réalise.

Ce n'est qu'après le jugement que sa vie s'effondra. Que lui restait-il ?

Les quarante années avec Georges partaient en fumée. Sur deux tiers d'une vie, ils avaient construit un couple et une famille. Une existence sans histoire qui, sans être mirobolante, n'en était pas moins respectable. Elle s'éteignait aujourd'hui, balayée d'un revers de la main jusqu'à disparaître. Que deviendrait-elle ?

Assise dans la pénombre de sa cuisine, Simone ne cessait de regarder à l'extérieur, à distance de sa fenêtre.

Ces derniers jours, le procès de Georges avait suscité un regain d'intérêt. À nouveau, les passants ne manquaient pas de jeter un œil sur la maison. Les regards appuyés agressaient Simone qui multipliait les manœuvres pour ne pas être vue. Certains montraient leur indignation jusqu'à changer de trottoir. De petits groupes stationnaient à l'avant de la maison. Les discussions étaient vives, la coalition forte. Sur le ton d'une révolte mutuelle, on s'insurgeait du scandale. Les doigts pointaient sans retenue en direction de la ferme déshonorée.

À deux heures du matin, il n'y avait plus rien à voir, Simone ouvrait ses volets.

Les lampadaires éclairaient faiblement la rue déserte du village. Sans les cloches de l'église qui marquaient chaque heure, demi-heure et quart d'heure d'un carillon différent, le temps aurait pu s'arrêter. Helsting était endormi, seule Simone semblait encore éveillée.

La succession de nuits blanches avait anéanti ses capacités de réfléchir et d'agir. De sa fenêtre, elle observait passivement la zone d'herbe et les plantations à l'avant de la maison. Les mauvaises herbes envahissaient le gazon, les rosiers n'avaient pas été taillés. Contrairement aux habitudes, les jardinières ne s'étaient pas garnies de fleurs au printemps dernier. Vue de la rue, la ferme paraissait abandonnée. Pourtant, la négligence ne ressemblait pas du tout à Simone. Elle s'attachait depuis toujours à soigner l'aspect de sa maison. La façade repeinte régulièrement, la pelouse fraîchement tondue, les feuilles mortes ramassées et le trottoir déneigé avaient leur importance. Elle aimait donner à voir que tout était impeccable. « L'image extérieure en dit long sur la respectabilité des habitants d'une maison », arguait-elle dans sa vie d'avant. Mais maintenant, il n'était plus l'heure de s'en préoccuper. La nature reprenait ses droits.

Des touffes de pissenlits et quelques orties colonisaient allègrement l'espace engazonné.

Le regard de Simone porta sur la Renault 20 stationnée en bordure de la route. Couverte d'éclats de boue et de poussières de pollen, la vieille auto croupissait, terne et immobile. « Elle ne servira plus à rien », songea-t-elle. Pour la première fois, le départ de Georges, parti depuis des mois, lui apparut définitif.

Le flanc droit étalé tout en longueur sur le carrelage de la cuisine, Rocky gesticula en plein sommeil. Ses pattes remuèrent, saccadées et désordonnées, comme s'il rêvait brusquement d'une course effrénée. Des petits jappements plaintifs captèrent l'attention de Simone. Ce chien l'encombrait. Cloîtré à l'intérieur, l'animal devenait dingo. À l'affût du moindre mouvement – réel ou imaginaire –, le berger belge se précipitait et s'excitait, le corps agité et la gueule ouverte, jamais tranquille. Le tête-à-tête n'avait pas créé d'attachement. Dans sa solitude, Simone n'avait pas fait de Rocky un animal de compagnie. Fondamentalement, il restait le chien de Georges.

Alors qu'elle n'avait pas eu l'idée de s'en séparer jusqu'alors, elle prit conscience en cet instant qu'il était temps. « Tout comme la Renault 20… » pensa-t-elle.

Georges encaissa la condamnation comme il avait supporté les accusations lors du procès. Apparemment peu concerné.

Il ne calcula pas la date précise où il sortirait de prison, avec ou sans remise de peine. Le nombre d'années était trop grand pour qu'il puisse imaginer sa vie d'après.

Le moment charnière du jugement ne changea rien à sa perception du temps. Il resta figé sur l'instant présent, exempt de toute projection au-delà d'une journée.

Les semaines qui suivirent, son motif d'incarcération commença à filtrer.

Comment ? Georges n'en sut rien.

La suspicion qu'il s'en était pris à des enfants enfla dangereusement en quartier de détention. Le secret qui l'avait préservé jusque-là ne tarderait pas à être levé.

Engagé malencontreusement dans un couloir, on le plaqua violemment au mur. Dans l'agression, un avant-bras pressa fortement sa gorge, obstruant sa respiration et toute possibilité d'appel à l'aide. Une main empoigna douloureusement son entre-jambes jusqu'à paralyser le moindre mouvement de défense. Une bouche à deux centimètres de son visage murmura avec harcèlement et fureur une question qui avait déjà sa réponse :

— T'as touché des mômes ?

— …

— Hé ! Raclure ! T'as touché des mômes ?

La brutalité soudaine empêcha Georges de dire quoi que ce soit. Pris de panique, son rythme cardiaque s'emballa, sa vue se brouilla, la sensation d'étouffement l'envahit totalement. Il crut voir sa dernière heure arrivée. Impuissant et pétri de douleur, il se tut.

Par la suite, il ne pourrait identifier son agresseur ni déterminer s'il avait été seul ou à plusieurs.

Le lendemain, il ne rapporta pas l'incident au *gradé* qui le convoqua :

— C'est chaud ! Ton affaire circule en détention, croyait lui apprendre le surveillant en chef. Ton transfert en établissement pour peine est demandé. Tu n'as plus qu'à espérer qu'il arrive rapidement.

Désormais, le lit en hauteur demeurerait inoccupé. Georges se retrouverait seul en cellule et n'en sortirait pratiquement plus. Ses douleurs à la gorge et au sexe mirent plus de deux semaines à disparaître.

L'attente de son transfert lui parut bien plus longue que celle de son procès. Pendant quatre mois, Georges espéra chaque jour entendre la consigne de faire son paquetage.

Quotidiennement, les obscénités, les menaces et les coups portés avec sauvagerie sur sa porte lui rappelaient qu'on ne lui ferait pas de cadeau. Son sang se glaçait. La cellule n'était plus un abri, un îlot rassurant à distance de la férocité carcérale. Sur le qui-vive, la moindre perception d'un mouvement dans le couloir le mettait en état d'alerte. Même Georges cloîtré à l'intérieur, la terreur l'empêchait de bouger. Il y limitait ses déplacements, s'attachait à émettre le minimum de bruit pour faire oublier vainement sa présence. Il ne chercha pas à soigner sa gorge qui s'embrasait à chaque déglutition. Sa propre salive devint le rappel constant de la menace qui planait sur sa personne.

C'était fait ! Il avait changé de camp, rejoint les pires, ceux qui étaient assimilés à des ordures, à des déchets de l'humanité, ceux qui vivaient une triple ou une quadruple peine dans l'isolement et la crainte. Rallié au clan des parias laissés au ban de tout, intra et extra-muros. Un sous-homme, l'un de ceux que les détenus n'approchent plus qu'avec violence et que la famille n'approche plus du tout, bien souvent.

Le jour où l'on annonça à Georges qu'il avait deux heures pour rassembler ses affaires eut l'écho d'une véritable délivrance. L'opération fut rapide. À aucun moment, il ne demanda où on l'amenait. La question ne lui traversa pas l'esprit, seul fuir le danger au plus vite comptait.

Deux sacs plastiques suffirent à contenir ses effets personnels. Dans le lot, il emporta son costume roulé en boule que personne n'était venu récupérer depuis le procès.

Sur le trajet, il fallut moins d'une demi-heure pour que son corps se détende et que son état d'anxiété s'apaise.

Le fourgon sillonnait la campagne. La route départementale suivait les courbes des collines et traversait des villages nichés en leurs creux.

Il y avait une éternité que Georges n'avait pas aperçu les champs, les prés, les forêts. Le regard happé à l'extérieur, ses entraves aux mains et aux pieds n'avaient plus aucune importance. Seul le spectacle visible au travers de la vitre grillagée du véhicule l'occupait.

C'était une belle journée d'hiver au ciel dégagé, une journée comme Georges les aimait. Froide et sèche, à la luminosité laiteuse. Il était tôt. Une légère brume stagnait encore en plaine. Le givre qui saupoudrait l'herbe la rendait scintillante. Aussitôt, le crissement caractéristique des pas sur le sol gelé lui revint en mémoire. Puis, il reconnut immédiatement la grande silhouette perchée sur le piquet d'une clôture : une buse variable. Lorsque le rapace s'envola brusquement, il ne le quitta pas des yeux. L'oiseau plana longtemps, jusque haut dans les airs avant que Georges ne le perdre de vue.

L'homme connaissait parfaitement les essences d'arbres même dépourvus de leurs feuilles. Dans un jeu de devinette avec lui-même, il chercha à les identifier : des hêtres, des chênes, un gigantesque érable… Les jeunes saules portaient déjà leurs petits chatons, les baies rouges des sorbiers égayaient les bosquets. Les prés étaient déserts. Vaches et moutons attendraient encore quelque temps pour gagner la liberté des pâturages. « Dommage ! » regretta-t-il.

Pour la première fois depuis bien des mois, l'esprit de Georges retrouva un intérêt qui lui était familier. La nature avait rempli son autre vie, celle d'Helsting, où il arpentait les champs, les chemins de terre et les vergers. C'était sa vie d'avant, sa vie au grand air, sa vie à l'air libre. Celle où le ciel et la terre étaient changeants, l'espace à portée de main, l'horizon sans limites. Un monde précieux, inédit aujourd'hui, banal à en perdre conscience à l'époque.

Précédemment, enfermé dans son bloc de béton, il avait apprécié chaque perspective de transfert. Non pas pour l'objet de l'extraction, mais pour son trajet. Alors encastré dans le fourgon pénitentiaire, il ne pensait pas aux audiences à venir dans le cabinet du juge, il rejoignait seulement le monde extérieur, y remettait un pied sans descendre du véhicule, simplement par le regard. Il avait repéré les rues du parcours, observé les passants, s'était étonné du nombre de feux rouges, de panneaux du code de la route et des travaux de voirie incessants qui transformaient la ville en gruyère. Mais ces multiples voyages au tribunal ne l'avaient pas contenté comme celui d'aujourd'hui. Là, il redécouvrait ses attaches, familiales et intimes. Il retrouvait presque l'homme qu'il avait été.

Calme et tranquille, le sentiment d'être à sa place resurgit. La destination du convoi ne le préoccupa nullement. Le temps s'était figé. Pour Georges, il était infini.

En bout de course, il fallut descendre. La manœuvre s'avéra périlleuse. Avec les pieds entravés pour s'extraire du fourgon, Georges manqua de tomber.

Aussitôt sur la terre ferme, une intense sensation l'ébranla. Le silence des lieux était stupéfiant.

Sa peau frissonna sous l'air frais et piquant. Ses muscles se raidirent vigoureusement. La chair contractée se rassembla comme pour reconstituer son corps. Ses poumons se gonflèrent à bloc. L'odeur des champs pourtant discrète en cette saison surprit Georges avec émotion. Des senteurs oubliées, dépolluées, radicalement étrangères à son quotidien durant des mois.

Les mots lui auraient manqué s'il avait cherché à décrire ce qu'il ressentit à cet instant précis. Il recouvrait juste une existence.

Le terminus du trajet se trouvait en rase campagne, sur un plateau, éloigné du premier bourg à trois kilomètres en contrebas. Pas de murs, mais une enceinte grillagée. En son sein, plusieurs constructions, à un ou deux étages, disséminées sur un vaste terrain. À l'avant, quelques voitures stationnaient sur un petit parking.

Le centre de détention était implanté dans les locaux d'une ancienne caserne militaire. Avec les bâtiments et les allées organisés au cordeau, la géométrie des lieux en témoignait. L'administration pénitentiaire y menait un programme de « prison-école ». Sa politique était celle d'une « prison ouverte ».

C'est là que Georges reprit vie.

CHAPITRE III

Les cailloux secoués

Sitôt Georges arrivé au centre, la peur le quitta.

Épuisé psychiquement et physiquement par des mois de brutalité en maison d'arrêt où on l'avait rudoyé comme jamais, il commença par dormir jour et nuit sur plusieurs semaines.

L'immense tortue qui hantait ses rêves depuis toujours refit surface quelque temps. Allongé sur le lit, il voyait l'animal s'approcher peu à peu. L'image était floue puis les contours apparaissaient de plus en plus précis. Les couleurs restaient indéfinissables. Des teintes sombres, aux reflets d'encre, un peu de bleu marine et de kaki, quelques traits d'argent sans éclat, froids et métalliques. Le reptile avançait d'un mouvement lent des pattes avant, l'une après l'autre, nageant dans l'espace. Sa tête minuscule ondulait en boucles de droite à gauche, au ralenti. L'angoisse de Georges surgissait avant même que la tortue ne le touche. La seule perspective de la suite créait le sentiment terrifiant d'être une proie facile, impuissante. La mort était au rendez-vous. Le combat n'aurait même pas lieu. Inévitablement, l'énorme carapace se collait au corps, dure et lourde, de tout son long. Le plastron écrasait l'intégralité du buste de Georges. La sensation d'étouffement provoquait la panique. Le réveil lui épargnait le craquement des os de la cage thoracique.

Georges ne pouvait lutter contre son esprit tourmenté qui perturbait ses nuits.

Certaines fois, sa mère faisait irruption. C'était juste une image, figée, sans scénario. Par flashs, rapides et absurdes, elle apparaissait, inexpressive et jeune. Il ne se l'expliquait pas. Elle était morte et enterrée depuis plus de quinze ans ! À y réfléchir, ces instantanés ne lui plaisaient guère mieux.

Le sommeil n'était en rien réparateur, la veille était constituée uniquement de moments de vide. Georges plongea dans un état d'absence où jour et nuit perdirent leurs différences et leur alternance.

Dieu sait pourquoi, après trois semaines enfin, les cauchemars disparurent.

Comme l'ours sortant de sa grotte après une période d'hibernation, Georges s'étonna à nouveau de voir le monde. Après quelques pas mal assurés, odeurs humées et lents balayages de la tête pour reprendre contact avec l'environnement, il retrouva l'extérieur. Tout comme l'ours encore, le corps amaigri par l'épuisement de ses réserves, les muscles atrophiés par l'absence d'exercice et l'esprit embrumé par une longue mise en veille, il reprit lentement du poil de la bête.

Georges n'attendait plus de nouvelles de Simone. Silence radio depuis le procès.

Les deux parloirs en maison d'arrêt lui laissaient un goût amer. Y penser le replongeait dans le malaise du moment : l'atmosphère épaisse, les non-dits, les bribes d'info sur la vie à l'extérieur qui ne l'intéressait plus, le sentiment de n'avoir rien à se dire, de se retrouver face à une étrangère… Le petit box imposait une proximité qui lui avait déplu. L'apparence physique de Simone l'avait surpris comme s'il la regardait pour la première fois. Ses cheveux courts, clairsemés par endroits et permanentés pour créer un minimum de volume dissimulaient mal leur perte de vigueur. La mollesse de son corps, l'empâtement de son cou, la dureté de ses rides et l'effacement de ses formes lui donnaient l'allure d'une vieille dame. Soudain, il avait perçu les marques de l'âge et ses ravages. L'image d'une femme flétrie l'avait choqué. Quelques mois de séparation avaient subitement provoqué un saut dans le temps, effacé la transformation progressive du corps à laquelle il avait assisté au cours de ces quarante dernières années.

Pas sûr qu'il aurait accepté une nouvelle demande de Simone si elle avait eu l'idée de le visiter au centre de détention.

Georges n'était pas seul dans son cas.

Le temps desserrait les liens. Peu à peu, la famille et les proches s'éloignaient. Pour tous au centre, la condamnation était ferme, les recours épuisés. Les dés étaient jetés. Charge à eux de purger leur peine. La vie continuait sans eux à l'extérieur pour les femmes sans homme, les mères sans fils, les enfants sans père. Le fossé se creusait.

Pourtant, la salle des parloirs était agréable.

Commune et grande, avec quelques jouets et des revues à disposition, on aurait pu croire ne pas être en prison. Son accès était facile, bien moins éprouvant qu'en maison d'arrêt : juste un poste de contrôle, un petit sas et deux grilles. N'empêche, la pièce demeurait fréquemment déserte, les visiteurs plutôt rares. Bien sûr, l'absence de transports en commun, la longueur du voyage, la nécessité de se loger à proximité pour ceux qui venaient de loin n'arrangeaient rien. Réalité ou menu prétexte ? Certains détenus s'en contentaient, s'y accrochaient longtemps avant de se rendre à l'évidence qu'on les avait lâchés. Ils affrontaient alors la douloureuse question sans réponse : Les avait-on oubliés ?

Mais Georges, lui, ne s'interrogeait pas sur les raisons de l'absence de Simone. Il la prenait comme un détachement qui allait de soi. Loin d'en souffrir, il en était plutôt satisfait.

Les mandats continuaient à lui parvenir dans une régularité sans faille. Deux cents francs étaient prélevés sur sa retraite, inscrits sur son pécule géré par l'administration pénitentiaire, mois après mois, sans que Georges n'ait négocié la somme ni qu'il ne se soucie du restant sur son compte bancaire. C'était bien suffisant pour ses maigres besoins qui se résumaient à *cantiner* quelques denrées pour améliorer la *gamelle* et à renouveler ses sous-vêtements de temps à autre. De toute manière, il passait le plus clair de son temps en bleu de travail, vêtement professionnel que lui fournissait le centre pénitentiaire.

Six heures quarante-cinq : réveil !

Deux tranches de pain, un bol de chicorée, une rapide toilette et il était sept heures trente.

— Salut Chef ! *Ça Geht* ? lançait Georges à Kurtz qui venait lui ouvrir la cellule chaque matin.

L'homme avait la cinquantaine. Bedonnant, déjà les cheveux gris, il avait la mine avenante, le contact simple et la blague facile. Dans son bleu de travail, il avait la même allure qu'un détenu. Aucun signe distinctif ne marquait sa place du côté de la barrière, il fallait le connaître pour savoir qu'il était surveillant.

Dès les premières heures, Kurtz accompagnait un groupe d'hommes aux travaux extérieurs. Des années qu'il occupait cette fonction. Il était chef d'équipe et perdait un peu le sentiment d'appartenir au personnel de surveillance. Les espaces verts le passionnaient et il y avait de quoi faire au centre pénitentiaire.

Les pelouses étaient immenses, striées d'allées qui reliaient un bâtiment à l'autre ; on se serait dit sur un campus universitaire. À l'arrière, un vaste terrain était réservé aux travaux maraîchers. On y comptait aussi quelques fruitiers – pommiers, poiriers, quetschiers et mirabelliers – seuls arbres présents sur le site. Pour voir des sapins et de grands arbres sauvages, le regard devait porter loin, au-delà des prairies qui encerclaient l'établissement de toute part.

L'homme dirigeait son équipe comme il l'aurait fait à l'extérieur et prenait soin de la terre comme si elle avait été la sienne. Les barbelés sur les grillages de l'enceinte et les grilles intérieures étaient devenus simplement le décor, banal, de son travail.

Sitôt dans le couloir, Georges suivait Kurtz pour le ramassage des ouvriers horticoles. Cellule après cellule, les tintements de l'impressionnant trousseau de clefs accroché à la ceinture du surveillant rythmaient leurs pas. Les deux hommes en libéraient d'autres qui grossissaient le groupe. Les premiers mots de Kurtz rompaient le silence de la nuit. Le foot demeurait son sujet favori. À chaque ouverture de porte, il ressortait sa tirade :

— T'as vu le match hier soir ?

— Franchement décevant !

— Partis comme ils sont, jamais ils ne joueront à nouveau en ligue 1.

La journée pouvait commencer.

Georges retrouvait Fred. Un gosse à ses yeux, la vingtaine à peine entamée, un petit paumé de quartier qui n'avait très certainement pas eu la chance de naître au bon endroit. Avec son corps maigrichon et sa physionomie d'adolescent attardé, il était difficile de l'imaginer braquer quoi que ce soit. Pourtant…

Fred parlait peu de son affaire. Pour la première fois, il s'essayait au travail de la terre. Dans l'équipe des espaces verts, il était celui qui tentait d'obtenir un diplôme.

Il y avait Bob et Marco aussi, plus âgés, un bon bout de chemin avec la justice déjà, des habitués. Le premier travaillait sans relâche pour oublier, ne rien devoir à personne et *cantiner* toutes les denrées nécessaires à sa propre cuisine. Hors de question, pour lui, de se contenter de la *gamelle* ! C'était une porte ouverte, un semblant de rébellion, une petite liberté affichée coûte que coûte pour lutter contre l'incarcération, une manière de ne pas s'y soumettre totalement. En cellule, il accumulait les vivres, les ustensiles de cuisine figurant ou non sur les *bons de cantine* et parfois, il grillait même un steak sur une plaque chauffante, récente acquisition qui venait tout juste d'être autorisée en détention. Bob n'avait aucune connaissance en horticulture, mais une force de titan. Son énergie démesurée laissait deviner une colère phénoménale à décharger sans que, jamais, il n'en dise un mot.

Le second, Marco, ne se dérobait pas à la tâche, mais sa lenteur écrasante exaspérait tout le monde. Par moments, le regard vague, il quittait son travail. Comme lors d'un court arrêt sur image, le geste suspendu, il s'absentait. Évasion de l'esprit ou irruption d'une pensée obsédante ? Lui non plus ne livrait rien de ses agitations intérieures.

— T'es où Marco ?

L'interpellation ne suffisait pas toujours. Une tape sur l'épaule était parfois nécessaire pour qu'il redescende sur terre.

Quelques autres passèrent, renvoyés par Kurtz après quelques essais seulement. Les plus insupportables dans ce qu'il considérait comme « sa petite entreprise » étaient bien les tire-au-flanc.

Dans le groupe, Georges était de loin le plus vieux. Il reprenait le travail, l'âge largement dépassé. Avec Kurtz, il excellait en matière de travaux extérieurs. Comme Kurtz, il aimait la terre. Au fil du temps, les liens entre eux prirent une couleur particulière à l'image du patron et de son employé fidèle, du chef et de son bras droit, du décideur et de son conseiller. Plus d'une fois, Kurtz s'en remit à Georges pour guider Fred dans les boutures, donner des consignes à Bob pour élaguer les arbres correctement et houspiller Marco pour qu'il accélère le rythme lors du binage.

De nombreux points communs les rassemblaient avec leur petite dizaine d'années d'écart : mêmes origines paysannes, même vie dans un village lorrain et surtout même langue maternelle, le *Platt*, dans laquelle ils échangeaient. L'un et l'autre s'estimaient. Il n'aurait pas fallu grand-chose de plus pour parler d'amitié.

Être à l'air libre avait le goût d'une petite liberté.

Georges revivait les saisons et le rythme des journées : la fraîcheur des matins d'automne, le raccourcissement et le rallongement des jours, la rosée du printemps, la chaleur étouffante des après-midis d'été. Il avait marché dans la neige, à nouveau, comme un gosse excité. Il avait assisté aux premières lueurs de l'aube, à l'embrasement du ciel certains soirs, au coucher du soleil, ébahi comme si c'était une première.

Simone était loin. Georges ne pensait plus à Helsting.

Il retrouvait seulement les gestes, les odeurs, la préoccupation du temps du lendemain, le choix du bon moment pour arroser, bêcher, tondre, pailler, greffer... Son corps entrait en action. Une fois l'homme sorti de ses trois semaines d'inertie, une remise en route n'avait pas été nécessaire. Pas de tâtonnements, pas d'hésitations. Immédiatement, il s'était mis à l'ouvrage. La tête vide, le plaisir dans l'instant. Pour lui, les travaux de jardinage représentaient bien plus qu'une simple occupation.

Quelques massifs de pivoines et d'hortensias agrémentaient le bâtiment de l'entrée principale. Ils embellissaient les lieux pour les rares visiteurs qui s'apprêtaient à franchir le sas entre les deux mondes. L'aspect était particulièrement soigné, un peu comme celui des plates-bandes paysagées d'une résidence de standing. Les fleurs humanisaient l'établissement pénitentiaire. Elles visaient à adoucir l'image du lieu d'enfermement avant d'y pénétrer. Toujours impeccables, les buissons et la bande herbeuse demandaient quelques travaux d'horticulture. Leur entretien créait l'occasion inespérée de franchir l'enceinte.

Une expérience très curieuse pour Georges ! Le pied à peine posé à l'extérieur, un trouble l'envahissait subitement. Tout lui semblait plus vif, les odeurs intenses, les rayons du soleil ardents et le vent puissant. Être dehors changeait radicalement son rapport aux éléments de la nature. En dépit de tout raisonnement, l'air respiré y était différent, d'une densité à créer l'ivresse. Mais étonnamment, l'absence d'entraves ne lui procurait pas de plaisir. D'autres jouissaient de cette liberté éphémère. Ils étaient valorisés à être reconnus dignes de confiance et s'en ressentaient un peu moins détenus. L'idée folle de détaler à toute vitesse pouvait leur traverser l'esprit et le savoir possible leur était fondamental pour survivre. À cette perspective, ils éprouvaient un mieux-être. Mais pas Georges. Bien au contraire, l'espace créait du vide, infini, angoissant. Il se sentait happé par l'extérieur, son corps perdait sa contenance. Encore un peu et il se serait dispersé par morceaux jusqu'à se volatiliser.

« Le Grand Dehors », l'expression tournait en boucle dans sa tête.

Il ne se souvenait plus de l'histoire enregistrée sur la cassette audio que la P'tite Juliette écoutait sur l'autoradio de la Renault 20, mais seulement des deux fourmis ouvrières coincées ad vitam æternam dans leurs galeries souterraines. Elles jalousaient leurs congénères pourvoyeuses ou guerrières même si certaines quittaient la fourmilière pour ne jamais revenir.

— Sacrifice pour la communauté ou affranchissement ultime ? se demandaient-elles.

— Quoi qu'il en soit, le jeu en vaut la chandelle ! enviaient-elles.

Leur vie à l'ombre leur paraissait bien fade, répétitive, face aux aventures très certainement extraordinaires de leurs chanceuses collègues. Les petites besogneuses en rêvaient du « Grand Dehors » qu'elles prononçaient avec emphase. Elles le fantasmaient fabuleux et exaltant. Inconnu et mystérieux. L'idée qu'il puisse être le lieu de tous les dangers le rendait d'autant plus attirant. En secret, elles échafaudaient des plans d'évasion.

Pour Georges, c'était différent. « Le Grand Dehors » n'était que terrifiant. Le monde extérieur lui paraissait immense à s'y noyer. En dehors des murs, l'homme n'était plus rien.

Avec le temps, « Dedans » était devenu son univers. L'enceinte grillagée bordait son existence. Il y mangeait, dormait et travaillait jour après jour. Tout se répétait sans surprise. La routine du quotidien le rassurait. Nulle raison de s'inquiéter, rien ne pouvait plus lui arriver. La cellule était désormais sa chambre, le bâtiment de détention sa maison, le centre pénitentiaire sa vie entière.

Après des mois d'isolement et d'évitement systématique de tout contact en maison d'arrêt, Georges nouait à nouveau des liens. Fred était celui du groupe qui rencontrait le plus sa sympathie. « Gamin », l'appelait Georges, pris d'affection pour ce jeune homme au parcours cabossé.

Fils de mineur, élevé dans la tour d'une vaste cité des Houillères où la morosité régnait, Fred avait mal tourné. Pour lui, comme pour ceux de sa génération, l'avenir s'annonçait éminemment bouché. Le temps n'était plus celui où les fils suivaient la trace de leurs pères à la mine. L'angoisse rongeait les familles face à tant d'incertitude pour leurs enfants. Or pour Fred, personne ne s'était posé de questions, personne n'avait imaginé de projets sous d'autres horizons et surtout pas ses parents.

Le jeune homme avait raté le coche de l'école. Dès les petites classes de primaire, il avait fait le mariole, bravant ses enseignants comme il ne l'aurait pas osé avec son père.

Avec lui, il se tenait à carreau, gardait un profil bas, maintenait toujours une distance pour ne laisser aucune brèche aux roustes paternelles qu'il savait cinglantes. Le coup partait vite, sous les yeux et la passivité de la mère. Le motif était variable, sans hiérarchisation de gravité. Parfois, une brouille ridicule suffisait pour que la fureur du père déborde. Alors, le petit Fred passa la majorité de son temps dehors. De moins en moins chez lui et rarement à l'école, il n'envisagea pas une seconde l'instruction comme une issue. Dès l'âge obligatoire dépassé, il ne mit plus les pieds dans un quelconque établissement scolaire.

— Il grandit de travers, disait sa mère dès son plus jeune âge, sans s'émouvoir davantage.

Les démêlés de son fils avec la justice ne dataient pas d'aujourd'hui. Sa première dégradation de mobilier urbain remontait à son cours moyen, sa première voiture volée au jour anniversaire de ses treize ans. La plupart du temps, il faisait avec quelques autres au parcours similaire, les quatre cents coups dans le terrain vague qui juxtaposait la cité ouvrière. Ils y jouaient au lancer de couteaux, s'inventaient des prouesses sexuelles tout en s'enivrant à l'alcool bon marché et se grillant les neurones au trichloréthylène. Dans le groupe à la dérive, Fred n'était pas franchement le meneur. Alors évidemment, lorsqu'il s'en prit à la petite épicerie sur le chemin du centre-ville, chacun s'étonna de son audace. « Respect ! » relevèrent même certains avec admiration.

Mais lui, qui n'avait pas anticipé grand-chose, s'était juste retrouvé avec une arme en main.

Georges était touché par Fred. Il voyait en lui les ravages de la débâcle de la mine.

Il reprit à son compte la rancœur si souvent partagée au comptoir du bistrot d'Helsting : la trahison de cette « mère-entreprise » à s'occuper de ses enfants, son absence de reconnaissance envers ceux qui lui avaient tout donné, son lâchage qui sacrifiait une génération qu'elle abandonnait, désœuvrée, sur le bord de la route. Il se découvrit un intérêt et une virulence dans le propos bien plus acerbe qu'à l'époque.

Ce gosse l'amenait à une compassion comme il n'en avait sûrement jamais ressenti. S'il avait questionné un tel élan d'empathie, peut-être aurait-il décelé qu'il retrouvait en Fred l'enfant qu'il avait été.

Leur point commun était l'école.

Georges aussi n'y avait jamais brillé. Dès les premiers apprentissages, il avait occupé la place du cancre, celle de l'âne. Bonnet sur la tête, année après année, il avait péniblement franchi les classes jusqu'au certificat de fin d'études auquel il avait lamentablement échoué. Il faut dire que des deux frères, il était celui qui était bête. L'autre réussissait. Plus Léon traçait son ascension sociale, plus Georges faisait figure de raté.

C'était surtout leur mère qui les comparait. L'admission de Léon en École Pratique du Commerce et de l'Industrie, avant-gardiste à l'époque dans leur milieu paysan, provoqua chez elle une immense fierté et la réussite de ses études, une joie incommensurable. Le parcours inespéré de l'aîné engagea la mère à juger durement son cadet. Georges ne s'en offusquait pas. Pour lui, et pour tous dans la famille, Léon avait « tout pris » comme si un quota d'intelligence à partager dans la fratrie existait. Son frère avait épuisé la donne familiale et Georges lui-même s'était dit qu'il ne lui restait pas grand-chose. Quoi de plus normal à cette destinée ?

Il en avait toujours été convaincu, n'avait jamais bravé le cours des choses, avait occupé cette place assignée sans chercher à en inverser la tendance… Jusqu'à aujourd'hui, jusqu'à la soixantaine bien tassée, jusqu'à sa rencontre avec Fred.

Avec ce gamin, germa peu à peu une idée nouvelle dans la tête du vieil homme : Et si le destin pouvait s'affranchir de ce qui était déjà écrit ?

Monsieur Victor rendait visite à Georges chaque vendredi après-midi.

Au début, le vieux détenu n'avait pas été très à l'aise. Cette rencontre n'était pas son idée, c'est Kurtz qui avait insisté :

— C'est un type bien, va donc voir ! Ça te changera. En plus, il est de notre génération. J'te le dis, ça ne peut que coller. Au moins, tu verras du monde.

Monsieur Victor consacrait trois demi-journées de sa semaine au centre pénitentiaire. Veuf et seul au départ de ses enfants qu'il ne croisait guère plus que deux fois l'an, il avait du temps.

Au moment de sa retraite de l'Éducation nationale, un grand vide avait gagné sa vie. Alors qu'il avait été professeur de français au prestigieux lycée mixte de la ville quasiment toute sa carrière, il avait mal supporté la perte de son activité. Il faut reconnaître qu'il avait été quelqu'un ! Un de ces profs à l'ancienne, encore en blouse grise enfilée sur son costume lorsqu'il enseignait. Sa salle de classe ne se trouvait pas dans le bâtiment moderne équipé pour les matières scientifiques, mais dans la partie historique de l'établissement : l'ancien château d'un marquis. Un escalier monumental donnait directement sur la salle de réception toujours intacte où trônait un piano à queue plutôt désaccordé et peu entretenu. De part et d'autre, les pièces en enfilade étaient transformées en salles de cours. Le bois du parquet craquait sous les pas, les mots résonnaient sous les hauteurs de plafond.

En quittant les lieux, monsieur Victor éprouva le douloureux sentiment de n'être plus rien. Les cours, les préparations et les corrections ne meublaient plus ses journées. Même les vacances ne rythmaient plus l'année. Le temps avait filé trop vite sans qu'il prenne soin de se ménager une vie en dehors du lycée. Le décès de sa femme avait renforcé son existence étriquée. L'oisiveté s'était transformée en temps mort, la liberté en une solitude infinie. Inactif, il n'avait plus eu personne à qui parler. Heureusement, ses visites à l'établissement pénitentiaire avaient redonné du contenu à sa vie. Un sursaut en quelque sorte, sans lequel il aurait sans doute dépéri.

Depuis, monsieur Victor s'y investissait fortement dans le désir de transmettre, d'ouvrir à la culture et d'élever l'esprit aux grands auteurs de ce monde. Après avoir côtoyé durant des décennies les jeunes gens de bonne famille, il se consacrait dorénavant aux plus indigents, aux oubliés du système, à ceux pour qui l'instruction se situait dans une sphère étrangère et impénétrable, un monde parallèle qui n'était pas de leur milieu, pas pour eux. Autant dire que certaines rencontres étaient détonantes !

Ici, monsieur Victor bénéficiait d'une aura. C'était un « Monsieur ».

Toujours en costume-cravate avec sa pochette en soie, il conservait l'uniforme de ses années d'enseignement. De petite taille, le dos légèrement voûté, le regard fixe et intense, son corps s'immobilisait, l'index pointé en avant, lorsque son propos s'enflammait avec passion. Il déclamait une citation, décrivait un texte, le contexte d'une œuvre ou la vie de son auteur avec une telle exaltation que son être et son âme étaient totalement emportés. Ses qualités d'orateur ne pouvaient que capter l'attention. Les jeunes détenus s'en amusaient comme s'ils assistaient à une saynète comique. Ils n'en étaient pas moins touchés. Ce vieux petit homme qui avait une allure de lutin était prof, il les vouvoyait et inspirait le respect.

Monsieur Victor avait fini par faire partie des murs. Surveillants et détenus attendaient sa venue semaine après semaine. Jamais d'écart dans ses engagements ! Il était chargé d'enseigner les rudiments de la langue française à ceux qui suivaient une formation et surtout, il était le principal visiteur de prison de l'établissement.

Georges mit bien six mois à s'habituer au regard de monsieur Victor. Ses yeux très clairs se posaient sans discontinuité sur sa personne, cherchant à plonger dans les siens qu'il détournait. Leur acuité le gênait. Il se sentait transpercé, mis à nu, acculé à un contact pas franchement choisi, piégé dans l'effacement d'une distance, presque dans un corps à corps sans se toucher.

Georges ne sut que faire lors des parloirs. Regard rivé au sol, il se ramassait sur lui-même. Le dos rond, les épaules tombantes, les avant-bras entre les cuisses et les mains crispées avaient tout de l'attitude du dominé. La situation n'était pas nouvelle, il revivait le mal-être qu'il avait connu toute sa vie. Le statut social, le verbe et la vivacité intellectuelle de monsieur Victor l'impressionnaient. Même le costume-cravate avec sa pochette en soie produisait l'effet pour Georges de ne pas être à sa place. Il se sentait tout petit, à nouveau, comme sur les bancs de l'école, chez le docteur ou dans les locaux administratifs de la mine. Le sentiment s'était imposé plus fortement encore dans le bureau du juge d'instruction. Dans toute relation dissymétrique, le pouvoir n'avait pas besoin d'affirmer grandement sa supériorité. Georges occupait de lui-même la place du soumis.

N'empêche, le vouvoiement de monsieur Victor lui fit un bien fou.

Il y avait plus d'une année qu'on le tutoyait. Dès son premier jour d'incarcération en maison d'arrêt, le « vous » n'existait plus. Même de très jeunes surveillants dont il aurait pu être le grand-père ne l'utilisaient pas. La formule de politesse ne franchissait pas les murs. À l'intérieur, sa disparition relevait souvent plus d'une absence de respect affichée que d'une familiarité créée à force de se côtoyer. Alors que certains détenus mettaient un point d'honneur à noter le dérapage langagier, s'en offusquaient, le brandissaient pour gonfler un conflit avec le personnel de surveillance, Georges ne livrait aucun commentaire. En vérité, cela ne le choquait en rien. Ce n'est qu'avec monsieur Victor qu'il perçut la considération dans le banal pronom. Le « vous » de ce visiteur de prison était bien plus qu'une formule convenue. À ses yeux, on restait quelqu'un. On quittait sa condition de détenu, on redevenait simplement un homme.

Georges s'autorisa à le regarder davantage.

Monsieur Victor ne parlait pas de lui, encore moins de la vie à l'extérieur. Il ne rapportait pas les évènements de l'actualité à ceux qui en étaient coupés. Il donnait juste de sa présence comme il aurait visité des personnes malades pour prendre soin de l'esprit à défaut de pouvoir agir sur les blessures et les entraves du corps.

L'homme lisait quelques lignes du roman qu'il apportait au parloir.

— Moi, vous savez, les bouquins c'est pas mon truc, lui opposa faiblement Georges au début.

— Quelle ânerie de dire une chose pareille ! Écoutez ça…

Georges n'eut pas l'audace de contrecarrer son visiteur et *Le Colonel Chabert* s'invita dans l'échange.

Les premières fois, le vieux détenu abandonna l'écoute dès le premier mot d'un vocabulaire qu'il ne comprenait pas, dès le premier verbe décliné au plus-que-parfait du subjonctif.

Monsieur Victor ne se formalisait pas. Emporté par le texte, il jouait littéralement les dialogues. Les phrases prenaient corps.

Insidieusement, Georges se mit à voir les personnages : le vieux Chabert et la sale cicatrice qui lui fendait le crâne, le jeune et célèbre Derville en costume de bal, la fraîche comtesse Ferraud dans son élégant peignoir.

Lui qui n'avait jamais rien lu hormis le « Réplo » – disait-on en raccourci pour *Le Républicain Lorrain* –, les actualités par canton, la page sportive et la rubrique nécrologique de ce quotidien local déposé chaque jour dans sa boîte aux lettres, trouva un intérêt qu'il n'avait jamais ressenti.

Monsieur Victor lâchait l'ouvrage de temps à autre pour décrire et expliquer la subtilité de l'histoire, la complexité de l'intrigue et des sentiments. Puis, il reprenait la lecture.

Les mots sonnaient juste.

L'imaginaire de Georges plongea dans l'étude crasseuse et poussiéreuse de l'avoué, dans la chambre miteuse du colonel et dans le petit pavillon du parc de la demeure de la comtesse. La description des lieux créait des images, celle des bruits provoquait des sons. Plus fort encore, l'écriture des émotions produisait des sensations !

Les souvenirs de lecture de Georges remontaient à l'enfance. Il n'y associait aucun plaisir, mais se rappelait seulement le rude apprentissage de la technique à coup de règle de son instituteur sur le bout de ses doigts. Et bête comme il était, il y avait eu droit plus qu'à son tour.

Avec monsieur Victor, il entrevit tout autre chose. Un monde qu'il n'avait jamais soupçonné. Les mots décrivaient des sentiments qu'il aurait été incapable de verbaliser. L'ambivalence de l'amour, l'injustice, la quête éperdue de reconnaissance, la détresse écrasante et la perfidie coulaient en des phrases qui éclairaient finement ce qui lui aurait été impossible à dire. Il se découvrit un authentique attrait pour la littérature.

Le parloir hebdomadaire qu'il subissait de prime abord pour ne pas froisser son visiteur se transforma en un rendez-vous précieux, attendu et fondamental. Une bulle d'évasion. Pour la première fois dans sa vie, l'esprit de Georges prit de la hauteur.

Après Honoré de Balzac, il y eut Guy de Maupassant puis John Steinbeck.

L'intérêt de Georges ne s'arrêta pas à cette petite heure de lecture. La grammaire, la conjugaison et l'orthographe acquirent un sens nouveau. Loin d'être une fin en soi, celle d'apprendre pour apprendre, les règles de la langue se transformèrent en outils à soigner, à aiguiser et à parfaire au service d'une création. C'est avec Fred, qu'il s'y remit. À deux, ils explorèrent la complexité du programme de français inscrit au brevet d'études professionnelles d'horticulture. Étonnamment, Georges enregistrait les principes et les usages comme jamais. Le cancre qu'il avait été en devint même pédagogue avec le jeune détenu quasi analphabète. L'ensemble des bases était à revoir : les « se/ce », « et/est », les auxiliaires, les accords des participes passés… la liste était longue. Sans Georges et son enthousiasme, Fred aurait très certainement tout envoyé promener. Une fois de plus, comme avant, comme toujours depuis qu'il était gamin.

Mais Georges se levait pour récupérer le *Bled* qui avait volé au travers de la pièce, l'ouvrait à nouveau.

Calmement, il reprenait l'exercice, cherchait à comprendre et s'étonnait d'y parvenir, sincèrement heureux, comme peut l'éprouver un enfant.

Entre la littérature avec monsieur Victor, l'apprentissage scolaire avec Fred et les travaux de la terre avec Kurtz, Georges trouva un équilibre.

Son existence pourtant limitée aux pourtours grillagés de la prison n'avait rien de morose. Elle s'enrichissait d'une petite ouverture jamais connue. Une porte verrouillée dans son esprit jusqu'alors s'entrebâilla doucement. À presque soixante-dix ans, l'envie d'en savoir plus, de s'interroger et de réfléchir commença à surgir. Enfin, il amorçait son entrée dans une autre dimension. Tout d'un coup, les mots prirent de l'importance au-delà des choses.

À cette époque, rien ne perturbait la tranquillité des journées de Georges. Leur rituel lui convenait.

L'extérieur des murs n'existait plus vraiment. Ce que devenait Helsting, ses terres et ses gens, ne soulevait pas sa curiosité. Simone, Léon, Corinne et la P'tite Juliette avaient perdu toute réalité. Pour lui, le temps s'écoulait paisiblement, autocentré, dans l'éternel recommencement du cycle de la nature et l'attrait grandissant pour les livres. Le monde au-delà des murs n'interférait pas dans son programme et dans sa tête jusqu'au jour où une lettre inattendue de Simone arriva.

Ses quelques lignes ne demandaient aucune nouvelle de son mari, mais l'informaient qu'elle vendait la maison et les terres. Léon réclamait sa part !

L'intérieur de Simone retrouva son aspect impeccable. Le grand nettoyage débuta au départ de Rocky. Avec le retour au calme, le désordre accumulé, les taches, la poussière et les poils l'horripilèrent subitement.

Elle s'activa, frénétique, au son de la télévision allumée en permanence. Les émissions allemandes, dont la qualité de réception supplantait de loin celle des chaînes françaises à Helsting, diffusaient en continu leur programme de variétés carnavalesques. Simone les regardait à nouveau, comme toujours. Les chansons de folklore allemand couvraient le silence. Le présentateur permanenté, en costume et nœud papillon, les longues tablées de convives et les serveuses en *dirndl* créaient une présence familière. Les scènes comiques et grivoises qui fusaient à tour de bras faisaient rire l'assemblée d'âge mûr aux propos qui n'auraient pas eu leur pendant en langue française. Seule dans ses meubles, Simone recommença à sourire.

En bonne ménagère, elle astiqua, rangea et tria pièce après pièce, avec méthode et souci du détail, pour balayer toute trace du laisser-aller qui n'avait que trop duré. Volets fermés, elle œuvrait dans la pénombre, à la lumière des lampes électriques. À coup d'aspirateur, de serpillère, de chiffon et de plumeau, le chaos et la saleté qui s'étaient installés depuis le premier jour du départ de Georges disparurent. Tout y passa, de la cave au grenier, des murs au sol, de l'intérieur des armoires aux couvre-lits, voilages et rideaux. Elle fit place nette comme si elle voulait nettoyer la noirceur de l'histoire qui hantait son âme ces dernières années. À défaut d'y parvenir, elle blanchissait sa maison.

Seul l'atelier de Georges ne fut pas concerné par le vaste décrassage. Le lieu était exigu, encombré d'outils de bricolage et de jardinage en tout genre. Simone y stocka l'ensemble des objets de son mari – papiers, photos et vêtements compris. Depuis, la porte était fermement verrouillée comme pour chasser l'homme de sa vie. Là aussi, ce n'était qu'une vaine tentative. Sans réellement le faire disparaître, elle enferma juste son existence, à distance.

Si l'intérieur de la maison reprit figure humaine, son extérieur était lamentable. L'herbe folle envahissait maintenant l'avant et l'arrière de la ferme au printemps. Les plates-bandes et les massifs grillaient en été jusqu'à en crever. Les feuilles mortes et la neige n'étaient jamais dégagées. Vue de la route, la bâtisse paraissait totalement négligée. Elle dénotait dans le village, à tel point que le maire d'Helsting avait sommé sa propriétaire par courrier d'y remédier sans délai.

Simone ne s'en souciait plus. Ses volets constamment fermés formaient un puissant rempart face au reste du monde. Et lorsqu'elle mettait le pied dehors, c'était expéditif et uniquement par nécessité.

Monsieur le curé s'en inquiéta.

À sa première visite, Simone n'ouvrit pas la porte. Toute intrusion ravivait immédiatement l'angoisse de faire face aux agressions qui avaient été son lot quotidien au moment du procès. Elle avait endossé pour Georges, cette « saleté », ce « violeur d'enfant », ce « monstre » qui ne méritait pas d'exister. En deçà des mots qui tuent, c'est son propre sentiment de honte qu'elle avait dû affronter. Et sur ce point, elle n'était toujours pas en paix.

Aujourd'hui pourtant, il y avait moins de virulence. On ne parlait plus ouvertement de l'affaire au village. Le gros de l'orage était passé même si personne n'avait oublié. Le temps avait atténué la colère de ceux qui s'étaient déchaînés au nom d'une justice personnelle, implacable et vengeresse. Depuis, les habitants croisaient très rarement Simone qui se cloîtrait dans sa maison. Tout compte fait, il en était mieux ainsi, car ils évitaient le malaise de ne savoir comment réagir. Que lui dire ?

Après toutes ces années, seules la ferme laissée à l'abandon et l'étrange attitude de Valérie rappelaient concrètement le drame sordide qu'avait traversé le paisible village d'Helsting.

L'enfant avait changé du tout au tout. Celle qu'on avait connue vive, espiègle et remuante s'effaçait jusqu'à se faire oublier. Elle se cachait dans un sweat-shirt informe qui dissimulait mal les kilos que son corps ne cessait d'accumuler. La capuche qu'elle portait sur la tête en permanence masquait son visage. La petite fille plutôt jolie, désinhibée et envahissante, s'était éteinte à sept ans. Fuyant précipitamment tout contact, elle dérangeait le passant dans les rues du village. Avec le mal-être qui suintait d'elle de toute part, toute rencontre inopinée se chargeait instantanément de gêne chez celui qui la croisait.

Et l'autre ? La P'tite Juliette ?

Plus personne ne l'avait aperçue à Helsting depuis des années.

À sa seconde tentative seulement, monsieur le curé put parler à Simone :

— Reviens à la messe. Dieu est miséricordieux, ne lui tourne pas le dos.

Simone détourna les yeux.

— On se connaît depuis toujours Simone, ne le renie pas aujourd'hui… C'est ton salut, insista-t-il.

Très mal à l'aise sur le pas de la porte d'entrée, elle le convia dans la cuisine, puis lui offrit un café pour ne pas rester assise dans le face-à-face imposé.

L'homme était un vieux curé de campagne, aux sermons où l'enfer et le paradis étaient maintes fois cités. Le péché, le repentir et la rédemption étaient rabâchés, ils culpabilisaient et infantilisaient. Personne ne contestait les leçons de vie du curé dans le village. Mais finalement, qu'y connaissait-il ?

« C'est vrai qu'ils se côtoyaient depuis très longtemps », pensa Simone en débarrassant les tasses et les cuillères dans l'évier. C'était déjà lui à la confirmation de Corinne, au baptême et à la communion de Juliette aussi… Quelle histoire ! Simone avait bien cru qu'il refuserait de la baptiser. « Bon, vous savez, c'est quand même l'enfant d'une fille-mère… » avait-il avancé à l'époque sans terminer sa phrase. La blessure avait été terrible pour Simone qui ne digérait pas la naissance de ce bébé hors mariage. Alors imaginer que cette petite-fille ne puisse être réhabilitée en quelque sorte, par un sacrement qui la légitimerait aux yeux de tous, ne pouvait s'entendre.

Au bout du compte, le curé s'était exécuté et il avait fait sa bénédiction, mais il perdit la confiance de Simone. Pourtant, la religion était l'héritage non discutable de ses aïeux. Elle n'aurait jamais dérogé aux messes du dimanche, aux confessions en amont de chaque fête religieuse, à la procession de la Fête-Dieu et aux enveloppes conséquentes pour le chauffage de l'église, déposées plusieurs fois par an dans le petit panier qui circulait entre les bancs. C'était l'empreinte de son éducation. La pratique religieuse s'inscrivait jusque dans son intérieur et dans ses habitudes. Un rameau de buis béni était coincé sous les omoplates du Christ sur les croix accrochées au-dessus des portes et de chaque lit. Le pain n'était jamais rompu sans le « Au nom du Père, du Fils et du Saint-Esprit » tracé à l'arrière de la croûte à la pointe d'un couteau. Simone ne questionnait pas sa foi, elle était croyante comme l'étaient les générations précédentes et comme beaucoup au vieux village à Helsting. Aussi, lorsque le curé hésita pour cette histoire de baptême, elle en fut ébranlée. L'homme d'Église perdit sa crédibilité, quitta son piédestal et sa qualité d'intermédiaire du Tout-Puissant. À partir de ce moment-là, Simone traita en direct avec Dieu.

Elle n'avait plus remis les pieds à l'église après l'arrestation de Georges. Même l'enterrement du vieil Ernest ne l'avait pas fait changer d'avis et ce n'était pas uniquement pour éviter les habitants du village. Au fond d'elle-même, elle n'était pas encore prête à affronter le jugement divin comme si c'était le dernier et qu'elle avait à y répondre sur terre.

Encore attablé dans la cuisine, monsieur le curé s'égarait dans des banalités. Il n'était pas très à l'aise. Simone non plus. « Surtout, qu'il ne se mette pas à demander des nouvelles de Georges », craignait-elle intérieurement.

Le sujet était lourd, l'homme omniprésent, le non-dit épais et pesant, mais ni l'un ni l'autre n'en parlèrent.

Au départ du curé, Simone se dit à elle-même qu'il était peut-être temps de retrouver les bancs de l'église, mais pour rien au monde elle ne le ferait à Helsting.

Les cellules individuelles devenaient personnelles. De l'une à l'autre, on percevait le caractère des occupants. Certains accumulaient les denrées alimentaires, les posters, une multitude de cassettes audio, de babioles et de gadgets qui rognaient l'espace vital. La vie privée se concentrait dans un étroit cocon intime. Elle s'y écoulait solitaire et resserrée.

La cellule de Georges demeurait propre et rangée en toute circonstance. Les murs étaient nus. La vue donnait sur une large étendue d'herbe intérieure, toujours fraîchement tondue par l'équipe des espaces verts dont il faisait partie. Au loin, en vis-à-vis, se tenait le bâtiment de stockage de l'outillage et des engins agricoles. La course du vent ne butait pas contre les façades. La fenêtre ouverte, la brise franchissait les barreaux pour s'engouffrer dans la petite pièce. La bouffée d'air élargissait l'espace.

Georges qui n'avait jamais été très friand de sucre commença à *cantiner* des boîtes de gâteaux et des plaques de chocolat. Il les aligna méthodiquement sur l'étagère, à côté des livres qu'il achetait en début de chaque mois. Dernièrement, il trouvait goût aux tisanes, boisson réservée aux femmes dans ses anciennes convictions. En solitaire, il introduisait dans son verre le thermoplongeur qu'il venait de commander, puis il sélectionnait le sachet de verveine, de menthe ou de fruits rouges selon son envie parmi les divers paquets accumulés. Dans l'acte anodin, il éprouvait un certain plaisir, celui d'exercer un petit libre-choix dans un univers qui y laissait si peu de place.

Sans souscription à la location, la télévision ne diffusait aucune image. Des bribes d'information lui parvenaient de son poste radio et des commentaires de Kurtz. Les nouvelles relataient un monde qu'il ne comprenait plus : un accord franco-anglais était conclu pour le projet invraisemblable d'un tunnel sous la Manche ; une pyramide en verre était inaugurée devant le Musée du Louvre… Les bulletins d'informations annonçaient des conflits armés, des attentats et des catastrophes. Une centrale nucléaire avait même explosé en Ukraine ! Pour Georges, le monde devenait fou.

Lui se trouvait loin, hors-jeu, préservé de l'extérieur dont il ne faisait plus partie. Y donner prise aurait provoqué une angoisse phénoménale. Alors il s'en détachait et allumait très peu sa radio ces derniers temps.

La carte postale était intacte, le carton à peine écorné, l'herbe des Pyrénées légèrement plus jaunie. Dans la cellule de Georges, elle trônait encore. Au-dessus des livres, elle gagnait en hauteur au fur et à mesure, exposée sur la pile. Le paysage photographié se fondait dans le décor, avait perdu de sa valeur. Georges avait oublié la carte de Léon. Il la déplaçait par habitude, ne la voyait plus jusqu'au moment où elle reprit de l'importance. Ce fut après la réception de la lettre de Simone.

Alors, il la regarda, la saisit entre ses mains, la retourna.

Le texte était court, concis : « Salut Connard », commençait Léon.

Le ton était donné. Direct ! Il augurait de la suite du même acabit. Trois phrases signaient une rupture, définitive et cinglante. Les mots lancés sur le papier n'appelaient aucune réponse. Un coup d'épée dans le cœur, sans chercher le pourquoi du comment, sans demander d'explications qui auraient pu permettre à l'expéditeur de se forger une opinion. Pas de soutien, pas de compassion. Pas de formule de salutation.

Les mots de la fin.

Ils signifiaient plus qu'un lien rompu : un lien renié, un lien qui n'aurait jamais dû exister.

« Léon ? » pensa Georges. L'histoire était longue…

Tout avait commencé bien avant son affaire. Trois ans les séparaient, mais pas seulement. Leurs femmes, leurs enfants, leurs familles, leurs vies entières n'avaient rien en commun.

À y réfléchir, le dédain de Léon à son égard ne datait pas d'aujourd'hui. Sa manière de lui faire sentir sa réussite avait été subtile, jamais franche, montrée plus que dite. Sa maison dans le Béarn était celle d'un architecte, son jardin celui d'un paysagiste. Lorsqu'ils s'y étaient rendus avec Simone, ils en avaient pris plein les yeux : marbre dans les escaliers, cave à vin, toilettes à chaque étage, pergola et éclairages extérieurs. Une ascension affichée, tout pour l'étaler ! Léon avait la bedaine du nanti, le goût des choses chères. Sa femme était sèche et bronzée, l'or tombait sur son décolleté. Georges et Simone avaient eu du mal à quitter leurs habits endimanchés. Il avait fallu s'adapter, faire bonne figure dans « le beau monde ».

Bien sûr, l'écart social était de taille. Face à l'homme d'affaires, le mineur était peu de chose. Léon leur avait fait visiter son entreprise de transport donnant au passage des instructions aux chauffeurs et aux manutentionnaires. Il disposait même d'une secrétaire particulière et signait des contrats « à l'international ».

Avec Simone, ils avaient été impressionnés sans percevoir qu'aucune question ne leur était posée. Ils s'étaient sentis mal à l'aise, des *Buurs*, des paysans, un peu honteux de leur condition. Les regards suffisants de la femme de Léon ne les avaient pas heurtés.

Pour finir, les deux couples s'étaient très peu parlé.

Georges restait songeur dans sa cellule. Il tapotait la carte postale sur le rebord de la table en pensant qu'avec Léon, depuis bien longtemps, ils n'avaient plus rien eu à se dire.

Des deux frères, l'un s'était envolé, l'autre n'avait pas décollé.

Dans le miroir, Georges occupait l'envers.

Déjà petits, leur relation était particulière. Enfant, Léon riait de voir son frère peiner à apprendre. Adolescent, il se moquait de son accent lorrain et de ses fautes de français. Léon creusait l'écart, appuyait sur les manquements. Dès qu'il s'était éloigné, la fracture était engagée. Il était parti d'Helsting, à l'internat d'abord, à la guerre ensuite. Le frère aîné n'avait pas regardé en arrière. Pour finir, il avait quitté sa Lorraine natale, ses origines, sa langue maternelle et la ferme pour épouser une inconnue et s'établir à l'autre bout de la France. Il les avait laissés, Georges et leur mère, dans un tête-à-tête qui s'était éternisé.

Lorsque Léon « montait » de son Béarn, instantanément la mère devenait heureuse, légère et aimante. Georges était emporté par cette allégresse sans penser un moment au quotidien du seul à seul où, jamais, elle ne manifestait tant de joie.

En l'absence de Léon, on attendait son retour. Ses venues et ses nouvelles étaient rares. Mais loin de lui en vouloir, on ne cessait de le regretter.

Georges calcula. Sur la carte, le tampon postal datait de plusieurs années.

À quand remontait leur dernière rencontre ? Difficile de se le rappeler. Léon était présent à l'enterrement de leur mère, sûr ! Même que les enfants ne s'étaient pas déplacés pour un dernier hommage à leur grand-mère. Après ? Peut-être une ou deux fois, et encore… Léon avait décliné l'invitation au baptême de la P'tite Juliette. « Faut comprendre, avait commenté Simone à l'époque d'un ton admiratif mal placé. Mon beau-frère a des responsabilités avec son affaire. »

Si ça se trouve, réfléchissait Georges, Léon n'avait jamais vu l'enfant.

Il n'aurait pas fallu attendre la carte postale pour deviner que ce frère se souciait peu de leur filiation. Depuis un bon moment déjà, il était devenu un étranger sans que personne ne s'en aperçoive.

Aujourd'hui, les souvenirs revenaient. Georges commençait à sortir du brouillard. L'œil voyait autre chose dans les images de l'enfance, l'oreille entendait différemment les mots de Léon. De manière insidieuse et anodine, il y avait bel et bien eu de l'humiliation. Des petits riens, répétés, cassants, sans éclats ni violence, mais accumulés sur toute une vie. Le constat était là alors que Georges n'y avait jamais prêté attention. Il avait encaissé parce que c'était ordinaire.

Léon ne l'avait-il qu'utilisé?

Pour la première fois, la question surgissait dans l'esprit de Georges.

N'avait-il pas été seulement un faire-valoir pour son frère? Quelqu'un à maintenir à un rang bien en dessous de lui pour s'assurer la première place? À enfoncer le cadet, l'aîné marquait sa différence pour se valoriser. Il n'avait laissé que des miettes à Georges. Englué, le plus jeune des frères n'avait pas eu le loisir de bâtir des rêves. Dans l'ombre, il avait laissé à Léon la lumière. Georges était resté à Helsting à s'occuper de la ferme et de la mère alors que l'idée d'un sacrifice ne lui avait jamais traversé l'esprit. C'était arrangeant pour Léon, il avait eu le beau rôle.

Pour la première fois, Georges ressentit une injustice.

La prise de conscience fut douloureuse. En changeant d'angle, son regard percevait maintenant les souffrances, qu'enfant, il n'avait jamais éprouvées. Mais plus difficile encore, il s'en voulait de n'avoir su ouvrir les yeux. Bêtement, il avait pris pour argent comptant le cours des choses. Un soupçon de clairvoyance et sa vie aurait été toute autre.

Avec la lettre de Simone, voici que Léon ressuscitait. Il sortait du silence, réclamait son dû. Subitement, l'homme se raccrochait à sa généalogie, retrouvait sa qualité de frère pour le partage d'un héritage. Triste retour.

Dans son courrier, la décision de Simone était unilatérale, sans équivoque : elle vendait ! Georges n'avait rien à redire. Les biens dont il avait l'usufruit après le décès de sa mère ne comptaient plus beaucoup depuis qu'il avait franchi les murs d'une prison. La préoccupation de la maison et des terres pour lesquelles il avait résisté jadis à toute offre de rachat s'était envolée.

L'arrestation l'avait fait basculer dans une autre vie, dématérialisée. Le passé ainsi que l'avenir n'étaient plus sa question. Le vieux détenu n'en était pas encore à s'imaginer franchir les grilles. Toute projection au-delà du centre pénitentiaire n'existait pas. En vérité, penser au futur aurait déclenché une terrible angoisse que Georges n'était pas prêt à affronter. Alors, à mille lieues du monde extérieur, la nouvelle de la vente ne le perturba pas réellement. C'est la réapparition de Léon qui lui donna à réfléchir.

La ferme de la mère n'était plus.

L'étable était transformée en vaste salle à manger, la porcherie en buanderie, le grenier en chambres supplémentaires. La salle de bain et les toilettes aménagées confortablement à l'intérieur. Le tout-à-l'égout avait définitivement rompu avec la vocation paysanne de la bâtisse. La réhabilitation portait la sueur de Georges. Peu avant son incarcération, il avait juste eu le temps de réaliser des travaux de chauffage et une flambante chaudière au fioul avait mis un terme à la manutention éprouvante de celle au charbon. « Il n'y a pas un centimètre carré de la maison que je n'ai pas retouché », se plaisait-il à dire jadis avec fierté. Alors pour lui, il n'y avait pas d'équité.

Il ne contesterait pas la légitimité de son frère comme héritier. Au contraire, il œuvrerait d'égal à égal, ne jouerait surtout pas son jeu. Aujourd'hui, pour régler les comptes, les choses se décideraient avec justesse, dans une reconnaissance de son apport et de la qualité de son travail. Si la maison était vendue, son frère devrait payer ! L'indivisible ne se couperait pas simplement en son milieu. Georges mettrait un point d'honneur à défendre sa part comme si sa personne même en dépendait.

Monsieur Victor eut le sentiment d'apprivoiser Georges. Il fallut du temps et plusieurs romans avant que le côté purement récréatif de leur parloir ne se transforme en échange.

Derrière la rudesse du personnage, son allure campagnarde et son inculture littéraire, il décela une surprenante sensibilité. Georges l'intriguait. Cet homme n'avait pas fait d'études. Ses pieds n'avaient certainement pas franchi la porte d'un musée ou d'une bibliothèque. Bien qu'ancien mineur, il n'affichait pas cette identité, fière et forte, rencontrée communément chez nombreux d'entre eux, même vieux retraités. Son horizon semblait réduit à sa terre et au pourtour de son village. Si ça se trouve, il n'avait jamais vu la mer. Qu'avait-il fait de son existence ?

Peu à peu, monsieur Victor s'intéressa à l'homme au-delà du détenu.

Georges arrivait au parloir en bleu de travail, l'attention encore portée sur la tâche horticole qu'il venait de quitter. Il présentait son avant-bras pour saluer son visiteur afin de lui éviter le contact de ses mains sales et calleuses.

L'homme se montrait humble, calme, absolument pas tourmenté. Il connaissait les nuages, les variations du vent et de la lumière, le bon moment pour dompter et soigner la nature – un savoir qui ne s'apprend pas sur les bancs de l'école. Son humeur demeurait sans éclat, son ton doux. Jamais un mot plus haut que l'autre. Son écoute était attentive et respectueuse lorsque monsieur Victor débutait la lecture. Bien que peu loquace, il livrait de temps à autre un commentaire sur les relations entre les personnages.

Tout commença véritablement avec *Pierre et Jean,* un roman court comme la plupart de ceux choisis par monsieur Victor afin de ne pas rebuter son auditoire avant même d'entamer le vif du sujet.

Dès les premières pages, les deux frères au physique opposé, à la personnalité, aux opinions et aux manières de mener leur vie fort différentes attisèrent la curiosité de Georges. Rapidement, son attitude sous-entendit bien plus qu'un intérêt pour l'intrigue. Monsieur Victor perçut le germe d'une réflexion dès lors qu'il fut question des liens complexes en proie à un terrible non-dit familial. Sur son visage buriné par les travaux extérieurs, les yeux de Georges quittèrent le moment présent pour se tourner en dedans. Un secret liait les membres de cette famille. Personne ne l'abordait. Seul l'un des frères paraissait mesurer le désastre de sa révélation inéluctable alors que tous œuvraient pour s'en détourner.

Tout en alternant les dialogues qu'il jouait avec éclat et les introspections de Pierre qu'il incarnait avec plus de lenteur et de silences pour traduire les doutes, les humeurs ravageuses et la solitude de cet homme déchiré, monsieur

Victor observait furtivement les réactions de Georges. De faibles hochements de tête laissaient deviner une activité mentale qui ne se disait pas. Avant même d'atteindre le dénouement du drame, il perçut pour la première fois une épaisseur chez son auditeur.

« Le genre humain intéresse cet homme », s'étonna intérieurement le visiteur.

Dans un autre lieu, monsieur Victor n'aurait pas imaginé Georges avoir des démêlés avec la justice. Il ressemblait aux cousins de sa femme restés au village de la grand-mère et de l'arrière-grand-mère au fin fond de la Lorraine rurale. Cette branche de leur parenté restait un peu mal à l'aise avec « les gens de la ville », flattée néanmoins de compter un professeur dans la famille. Mais s'attacher aux classes sociales ne concernait qu'eux, tout cela n'avait aucune importance pour monsieur Victor. L'accueil était chaleureux. Depuis le décès de sa femme, les enterrements étaient les seules occasions de se revoir. Il n'aurait été aucunement surpris d'y croiser Georges attablé dans la petite salle communale en face de l'église, après la cérémonie funèbre, à la table réservée aux anciens.

Le détenu n'avait ni les tatouages ni les mots de la « taule » et ne ressemblait en rien à un criminel. Il n'était pas un jeune fougueux, égaré ou paumé, qui s'était brûlé les ailes à rêver une vie de série télévisée. Pas davantage un caïd vieillissant, trop âgé pour imaginer se ranger après des décennies d'argent facile et de mauvais coups. Pas l'un de ceux pour qui le respect se bâtit sur la violence et le sentiment d'être quelqu'un sur la reconnaissance d'actes de défiance.

Non, Georges était différent. Ordinaire. Une énigme pour monsieur Victor.

Qui était-il ?

Il n'était pas dans les habitudes du visiteur de prison de se poser ce genre de questions. En général, il les écartait dès qu'elles lui traversaient l'esprit. Où l'auraient-elles mené ? Les motifs d'incarcération ne lui étaient pas transmis par l'administration pénitentiaire et il en était mieux ainsi. À en savoir trop, le risque était grand de tout lâcher. S'il s'encombrait des histoires sordides des uns et des autres, il aurait rapidement raccroché la veste et n'aurait plus emprunté le chemin du centre de détention. Lorsqu'un détenu l'entraînait sur la pente scabreuse de son parcours, il fermait immédiatement le chapitre pour ne pas s'y aventurer. Coupant la parole, il reprenait la règle de grammaire à travailler ou la lecture en cours. Mais concernant Georges, cela n'était pas si facile. L'incompréhension de sa situation le taraudait à en devenir gênante lors des parloirs.

Une fois n'est pas coutume, il ouvrit la brèche :

— Georges… Comment un homme comme vous en est-il arrivé là ?

Le mot resta coincé dans la gorge de Georges. Trop gros pour passer. À l'image d'un gros mot que l'enfant poli retient entre ses lèvres avant qu'il ne sorte.

« Une énormité même ! », pensa-t-il en cet instant.

Devant monsieur Victor, « l'hystérectomie » ne tenait plus la route. Subitement, elle lui parut absurde, dérisoire, incongrue.

Le propos qu'il avait tenu en garde à vue, sur lequel le juge d'instruction était revenu à maintes reprises et qui resta le seul et bien maigre éclairage rapporté au procès perdait toute crédibilité des années plus tard. Pourtant, ses dires s'avéraient sincères. Seule l'opération de Simone pouvait expliquer sa pulsion. C'était simple, sa femme n'était plus une femme. Son corps amputé avait effacé leurs différences. Rien qu'à s'imaginer avec elle, Georges ne pouvait plus être un homme. Voilà ! Il avait débordé. Ailleurs. Tout bonnement. Le raisonnement s'était arrêté là.

— Indéfendable ! lui avait seriné maître Rodin à l'époque. Il doit bien y avoir autre chose…

Le juge d'instruction avait fouillé dans son passé, cherché des vices :

— Pourquoi des enfants ?

Mais jusqu'au procès, Georges n'avait rien eu d'autre pour se justifier.

Personne ne l'avait cru. Or, il n'avait rien dissimulé.

L'évocation des petites victimes produisait un grand blanc dans sa tête. Une sorte de néant où rien ne pouvait être pensé. Tout s'était déroulé comme si une partie de son cerveau avait été anesthésiée. La volonté de réfléchir aux raisons de ses actes était peine perdue, le mouvement empêché. Mais aujourd'hui, avec la question de son visiteur, un trouble indéfinissable pour Georges voyait le jour.

Il regarda fixement monsieur Victor toujours silencieux.

Un petit quelque chose attrapait la conscience de Georges. Inédit, dérangeant. Le début d'une douleur à l'âme se glissa dans son esprit.

Subrepticement, la P'tite Juliette, Valérie apparurent par flash. Des images brutes et brèves, sans suite et sans les mots pour les comprendre.

La vision d'une cuisse, l'odeur du chlore…

Georges n'en fut pas tranquille.

Les enfants tiraient sur un voile occultant. Aucune transparence à cette heure. Le côté de l'envers n'était pas encore perceptible ; la sensation on ne peut plus inconfortable. L'homme subissait l'éveil brutal d'une question qu'il ne s'était jamais véritablement posée.

Il ne put rien répondre à son visiteur. Pas encore.

— Excusez-moi Georges. Je ne voulais pas… se reprit monsieur Victor très gêné par le malaise qui envahissait lourdement la salle des parloirs.

L'ascenseur arrivait au troisième. L'appartement était petit, mais suffisant pour Simone. Quelques mois d'adaptation furent nécessaires pour se sentir chez elle. Elle avait découvert un quartier, dû s'acclimater aux bruits de la ville et prendre ses marques dans une cuisine bien plus étroite qu'à Helsting. Pour elle qui n'avait jamais quitté le village, le changement s'avérait radical : l'espace, les odeurs, le ballet incessant des voitures et des piétons, les fréquentes sirènes des pompiers et des ambulances. Il fallut du temps pour qu'elle ne craigne plus de se perdre et qu'elle repère les commerces. Plus de temps encore pour ne plus éprouver le sentiment d'un séjour transitoire comme en vacances ou en visite chez sa sœur, pour qu'elle se dise que cet environnement était dorénavant le sien.

N'empêche, le bénéfice était de taille.

Après des années de confinement, Simone retrouvait la lumière. Elle ouvrait en grand ses fenêtres. L'aube se levait dans son salon-salle à manger. Le plaisir était considérable, à tel point qu'elle ne ferma plus ses volets roulants durant la nuit dès la première semaine d'emménagement. Les rayons du soleil qui baignaient l'appartement symbolisaient à eux seuls un second départ.

Du petit deux-pièces situé dans l'angle de l'immeuble, la vue donnait sur un large pont qui enjambait la rivière. La frontière entre l'intimité du logement et le monde extérieur redevenait perméable. À nouveau, Simone sortit de chez elle.

En ville, elle était une anonyme, personne ne l'identifierait plus comme la femme de Georges. À la croiser, aucun passant ne penserait immédiatement à l'affaire, aux viols et aux enfants. Simone avait la sensation qu'une nouvelle page pouvait s'écrire parce qu'elle était vierge dans le regard des autres.

Le prix à payer avait été de renoncer à la ferme et à une bonne partie des meubles. Une fois le cap franchi, elle n'était pas simplement partie pour la petite ville du canton comme sa fille Corinne, mais elle avait rejoint la grande, celle de sa sœur. Avec la centaine de kilomètres et le changement de département, Simone avait pris ses distances jusqu'à quitter la Lorraine. À l'image d'un fugitif expatrié, son aspiration était de devenir invisible. Déracinée, elle espérait se construire un nouvel avenir. Les troubles du passé seraient enfouis.

Depuis le procès, elle n'avait pas revu Georges. Après sa lettre, il n'avait pas contesté la vente de la ferme. Rien d'étonnant pour elle : « Lui qui n'a jamais décidé quoi que ce soit ne va pas s'y mettre aujourd'hui… En prison en plus, il ne manquerait plus que ça ! »

En revanche, Georges avait eu des comptes à régler avec Léon et, sur ce point, elle avait partagé l'avis de son mari. Paradoxalement, le repli et son refus de tout contact n'avaient pas empêché Simone de reprocher à son beau-frère son absence de solidarité familiale. Léon n'avait pas eu le moindre geste à son intention depuis l'arrestation qui avait bouleversé leur vie. Pas un mot, pas une visite pour se soucier de ce qu'elle devenait. Qu'il réclame sa part en de telles circonstances lui parut indécent.

Sans vraiment se l'avouer à elle-même, Simone avait admiré Léon par le passé, envié sa condition et presque jalousé sa femme. Intérieurement, l'idée d'avoir épousé le moins prometteur des deux frères lui avait quelques fois traversé l'esprit. Avec Georges, ils n'avaient jamais été dans le besoin. Son salaire de mineur était certes très confortable, mais clairement, ils ne jouaient pas dans la même cour que Léon. Qui sait ? En refaisant l'histoire, elle aussi aurait pu devenir la femme du patron, une femme du monde, et quitter définitivement le milieu paysan. Mais là, avec le partage de l'héritage, Léon chutait brutalement de son piédestal pour se révéler profiteur et mesquin.

En rendez-vous chez le notaire, Simone avait alors clairement affirmé sa position et choisi son camp : celui de Georges. Une première depuis bien longtemps.

Le déménagement de Simone surprit éminemment sa fille.

Depuis qu'elle-même avait effectué la démarche, Corinne se rendait très rarement dans la maison où le fantôme de l'homme qui leur avait fait tant de mal continuait à régner. Le délabrement extérieur de la ferme la renvoyait immanquablement à l'ampleur des dégâts produits durant toutes ces années. Son départ du village l'avait aidée à vivre même si les blessures tardaient à guérir intégralement.

Mais aujourd'hui, Simone suivait sa trace après s'être agrippée à cette maison. Corinne n'y croyait plus, il était temps ! Enfin, sa mère se désolidarisait de Georges, quittait Helsting et leurs biens communs. Elle lâchait ce qui l'accrochait à cet homme qui n'était plus ni un mari, ni un père, ni un grand-père. Une étape supplémentaire pour la fille. Une décision attendue longtemps, impatiemment, qui permettrait peut-être de renouer des liens ordinaires.

Rapidement, Corinne vint visiter l'appartement de Simone avec Juliette.

L'odeur familière de la cire d'antiquaire embaumait les lieux dès le seuil de la porte d'entrée, l'odeur de la blanquette mémorable également. Le salon-salle à manger était tout aussi encombré de meubles qu'avant. Les tapis s'enchaînaient dans l'étroit couloir qui menait à la chambre. Corinne retrouvait l'intérieur de la ferme en miniature. La disposition différente et le crépi blanc aux murs lui procurèrent un sentiment d'étrangeté. Tout paraissait plus clair. La photo de mariage de ses parents, posée sur la commode du salon depuis toujours, avait disparu. Restaient celles de sa confirmation et de la communion de Juliette.

Dans chaque pièce, le regard de Corinne scruta le moindre rappel de l'existence de Georges. C'est dans la cuisine finalement qu'elle se sentit le mieux. Avec les rangements bas et en hauteur déjà fixés aux murs, Simone n'avait pas pu déménager ses meubles en formica.

Au cours de la journée, la gêne eut du mal à quitter la rencontre. Seule la P'tite Juliette semblait ne pas en souffrir.

L'enfant avait grandi depuis ses douze ans, mais elle restait plutôt mince et filiforme. On aurait dit une « grande petite fille » qui aurait gagné en taille sans entrer dans l'adolescence comme si son âme luttait contre son âge. Elle avait gardé son teint pâle et ses longs cheveux fins qui lui tombaient jusqu'au creux des reins. Lorsqu'elle se penchait vers l'avant, des mèches chargées d'électricité statique se collaient à son visage. Elle les ramenait à l'arrière des épaules d'un geste ample de la main. On aurait pu voir de la grâce dans ses mouvements si tout en elle n'avait pas pris de la lenteur. Même le battement de ses paupières et sa façon de mâcher les aliments n'avaient rien de commun. L'objet était saisi du bout des doigts, les mots sortaient de sa bouche avec retardement.

Juliette n'était pas inhibée, mais décalée, évanescente, si peu présente.

« Une gentille fille », disaient ses professeurs à défaut de pouvoir valoriser son travail scolaire. En classe préprofessionnelle de niveau au collège, elle surfait au-dessus des cours et y côtoyait de drôles de lascars réorientés du cursus classique. Corinne s'en inquiétait. La P'tite Juliette restait une enfant, insouciante, vulnérable. À l'approche de l'adolescence, sa mère angoissait : Comment la protégerait-elle du premier beau parleur qui ne tarderait pas à l'embobiner ? Sa fille demeurait une proie facile, une victime toute désignée. Pourtant, Corinne lui apprenait à se défendre, la serinait plus que de raison. Ses mises en garde sur les dangers du monde et des hommes abondaient. Mais plus elle insistait, plus Juliette se montrait détachée.

Pour l'enfant, les évènements s'étaient déroulés comme ils avaient commencé. Contrairement à Valérie, elle ne présentait pas de bruyantes séquelles de l'effraction sexuelle partagée dans leur enfance. Le mal-être criant de l'une ne se retrouvait pas dans l'autre.

Mais au fond, était-ce la réalité ?

Psychiquement, Juliette se révélait inatteignable. Les difficultés de la vie, même ordinaires et banales, ne percutaient pas son esprit. Elles ne s'y inscrivaient pas. Le souvenir était effacé, les émotions abrasées, les pensées évacuées. La défense s'avérait puissante, elle préservait Juliette de toute angoisse, petite ou grande. Les épreuves glissaient sur elle sans laisser de traces. Ce qui s'était passé dans la cabine des vestiaires à la piscine allemande ne franchissait plus sa conscience. Apparemment du moins, elle avait oublié.

Dans son esprit, Papy Jo restait bienveillant. L'image gommait l'aspect démoniaque du personnage. Néanmoins, elle ne parlait jamais de lui, non par crainte de ranimer une douleur sous-jacente, mais parce qu'elle comprenait que l'évoquer était insupportable à son entourage.

Juliette se montrait heureuse. Elle flottait. D'humeur égale, elle traversait le cours de la vie dans une attitude que sa mère prenait pour de la nonchalance et de l'infantilisme persistant alors qu'en vérité il s'agissait de survie. Les affects restaient inaccessibles, elle souffrait peu. Le fonctionnement de son esprit aurait été totalement efficace si, par ailleurs, Juliette n'avait pas peiné à réfléchir. Ses pensées brouillonnes s'organisaient difficilement. Se repérer dans le temps lui était complexe, exécuter correctement une succession de consignes au-delà de deux plutôt laborieux. Rarement, une idée personnelle germait dans sa tête. Un avis propre encore moins.

Certes, l'enfant était légère et insouciante, mais elle le payait cher.

Corinne et Juliette restèrent la journée chez Simone. Elles eurent droit à la blanquette et au tour du quartier. Le temps était peu engageant en ce dimanche gris d'automne. Simone n'était plus très alerte pour marcher. Juliette sautillait, manqua de tomber à deux reprises, le pied trébuchant maladroitement sur le rebord du trottoir. L'enfant se montrait fidèle à elle-même. Vaporeuse, plutôt ravie de revoir sa grand-mère.

La balade rompit l'atmosphère pesante dans l'appartement, mais toutes les trois parlèrent peu en fin de compte.

Corinne ne posa aucune des questions qu'elle s'était promis d'aborder.

Les pensées se bousculaient dans sa tête, semant un désordre inextricable.

En fin de visite, le sujet du divorce de sa mère avec Georges ne fut même pas effleuré.

La violence au centre pénitentiaire ne souffrait d'aucune comparaison avec celle connue en maison d'arrêt. Il y avait bien quelques dérapages, mais trop peu nombreux pour créer une tension qui aurait mis détenus et surveillants en état d'alerte.

On s'habituait les uns aux autres, on ne s'accrochait plus que très rarement aux sombres motifs d'incarcération. L'extérieur, la vie d'avant, les liens d'antan et les écarts qui avaient provoqué l'enfermement quittaient les consciences. Mais pour certains, l'opération de détachement semblait plus complexe que pour d'autres.

Dans la quiétude apparente, le craquage de Bob marqua les esprits. Personne ne put entrevoir quelle mouche le piqua ce soir-là pour en venir à un tel déferlement de violence. L'homme se trouvait seul en cellule, uniquement en proie à ses démons intérieurs, incapable de les dompter un court instant. Sa colère s'était déchargée avec la puissance d'une pression qui s'échappe, vive et brutale, à l'ouverture d'une soupape de sécurité. D'une seconde à l'autre, l'intégralité de sa cellule fut retournée, les meubles hachés menu, le lavabo descellé, le cabinet de toilette ébréché. Le regard noir qui aveuglait Bob l'empêcha de voir Kurtz qui s'était précipité à la porte. Il ne perçut qu'une ombre, une intrusion, un mouvement qu'il fallait éteindre, l'irruption d'un objet de plus à détruire. Tout discernement l'avait quitté.

Dans une brutalité sauvage, il attaqua le surveillant à coup d'ustensiles de cuisine à portée de main. Plusieurs boîtes de conserve atteignirent son buste et ses épaules, une fourchette frôla son oreille. À l'impact du rebord de la poêle sur la tempe, Kurtz s'écroula.

Le corps à terre provoqua l'arrêt immédiat de la violence du forcené. Le calme de Bob fut alors stupéfiant. Serein et vidé dans l'après-coup, l'homme était tout autre, comme régulé après avoir déchargé un trop plein.

Évidemment, il aurait à y répondre. Doublement même ! Une fraction de seconde avait suffi. Au-delà du tribunal interne où il récolterait une sévère sanction pénitentiaire, il repartirait pour une nouvelle affaire judiciaire.

Sans tarder, Bob quitta le centre.

Marco aussi disparut.

Un départ sans éclat et sans bruit pour lui, malgré le statut d'évadé qui lui collait dorénavant à la peau. Il n'avait pas prémédité son coup, n'avait pas élaboré de stratégie ni de plan d'évasion ; pas d'héroïsme qui aurait rappelé bien des scénarios de film. Simplement, il n'était pas revenu de sa journée de permission, la première qui lui avait été accordée. Peut-être avait-il raté l'heure de l'unique bus du soir ? Avait-il perdu de vue sa dette ? Était-il resté suspendu dans le temps, la tête vide et l'esprit absent comme on l'avait vu si souvent ?

Depuis, il était impensable de l'imaginer en cavale, déjouant les forces de l'ordre, échafaudant des planques pour ne pas se faire prendre. La réalité aurait bien moins de panache. Une simple visite au domicile de sa mère ou de son frère mettrait probablement un terme à son épopée qui n'avait rien de romanesque, à moins qu'un banal contrôle d'identité ne provoque son arrestation.

Tout comme Bob, Marco rejoindrait la case départ. Avec pour résultat un délit supplémentaire, l'ajout d'une peine et la perspective d'une sortie définitive qui s'éloignerait d'un cran.

Alors, Georges et Fred restèrent les seuls *classés* aux espaces verts. Le jeune et le vieux, les anciens. D'autres passèrent sans s'attarder, congédiés par Kurtz.

Les trois hommes se soudèrent plus encore. Leur petite équipe regrettait le temps avec Marco leur rêveur, et Bob, leur taiseux à la force herculéenne. Y compris Kurtz, qui ne s'arrêtait pas à l'agression qui lui avait valu 15 jours d'absence y revenait avec nostalgie.

Jour après jour se déroulait le même rituel : quitter la cellule, rassembler l'outillage, s'atteler à l'entretien quotidien et aux travaux saisonniers, puis retourner en cellule pour le repas avant d'en sortir à nouveau pour les tâches similaires de l'après-midi.

Les détenus qui travaillaient disposaient ensuite d'une heure trente de liberté, à tourner en cour de promenade, s'allonger sur l'herbe ou se confiner dans la petite salle qui faisait office de bibliothèque. Georges y manipulait les livres qu'il connaissait par cœur pour les avoir consultés à maintes reprises. Des ouvrages d'histoire et de philosophie de préférence. Des récits et des polars. Jamais il ne se plongeait dans un article de presse de l'un des journaux autorisés à franchir les murs. À ses côtés, Fred planchait sur ses cours tant bien que mal, en grommelant. Son visage s'illuminait lorsqu'il saisissait un bout de connaissance même si, d'une minute à l'autre, celle-ci disparaissait.

Rapidement, il était dix-huit heures quinze, et chacun devait rejoindre sa cellule pour la distribution de la *gamelle* du soir. Ensuite, il fallait s'accommoder de douze heures de solitude à meubler comme on pouvait : la sempiternelle télé pour certains au travers de laquelle ils assistaient en spectateur aux mouvements du monde qui n'avait pas cessé de tourner, des pompes et quelques gainages pour d'autres et, pour tous, l'attente du sommeil plus ou moins longue selon la dépense physique de la journée ou la quantité de cachets ingurgités. La plupart se réjouissaient du raccourcissement des jours qui portait l'illusion d'une nuit plus courte.

Les journées tournaient en boucle. L'existence se repliait sur les activités répétées, sans surprise. Comme dans une ritournelle, la ronde de la vie devenait mécanique et flottante. Les actes et le temps découpé pour chaque chose laissaient peu de place aux pensées. Le mouvement du corps, ritualisé et machinal, occupait tout l'espace.

Mais pour Georges, c'était différent ces derniers temps. Il gambergeait le soir.

Lui qui ne s'était jamais réellement questionné, était plongé dans un chaos d'interrogations qui surgissaient involontairement de son esprit. Depuis que monsieur Victor avait ouvert la brèche de ce qui l'avait conduit en prison, un grand chambardement gagnait sa tête.

Ce n'était pas la première fois qu'on l'interpellait sur les raisons de ses actes. Dès l'arrestation, le gendarme Roth avait posé la question sitôt qu'il avait jugé l'affaire sérieuse, mais jamais la résonnance n'avait été celle éprouvée aujourd'hui.

Depuis le début, Georges n'avait pas nié. Valérie et Juliette avaient subi des abus. Le chef d'inculpation était clair, il ne souffrait d'aucune contestation. C'étaient des gamines, il n'aurait pas dû ! Cela n'était pas une nouveauté, Georges l'avait toujours su. Le problème se logeait ailleurs.

L'interrogation de monsieur Victor était bien plus large. Elle englobait l'intégralité de son existence sans la réduire aux faits pénaux : c'est de sa vie qu'il était question.

À l'image d'un bocal rempli de cailloux secoué vigoureusement, les souvenirs cognaient sa conscience, pêle-mêle et désordonnés. Des mésaventures et des personnages remontaient à la surface sans chronologie ni logique les uns par rapport aux autres.

Tout y passait : l'école, Simone, la mine, Léon, la mère, la guerre…

De l'évènement insignifiant au bien plus déterminant. Le passage sans préambule d'un bref instantané à un moment d'histoire.

Sa vie avait été un carcan.

Pierre après pierre, les faits s'étaient empilés. Georges n'avait pas choisi, pas fait de tri. Les choses étaient restées en l'état. Maintenant que son esprit était agité, le déséquilibre était patent. Un pan de sa vie tombait sans qu'il ne sache que faire. Une porte s'ouvrait. Confuses et incohérentes, les pensées et les images du passé s'en échappaient.

Avec monsieur Victor, il commença à parler et, pour la première fois, il se tourna en arrière.

CHAPITRE IV

L'aiguille des secondes enrayée

La détresse du nouveau-né ne peut être que supposée. Après le confort tranquille, ouaté et tamisé, l'entrée au monde apparaît d'une violence inouïe bien que personne ne puisse en témoigner. Chacun imagine aisément l'effort gigantesque à fournir pour se frayer un passage dans le conduit minuscule. Le corps est pressé, les os se déforment au risque de se rompre. L'être se glisse peu à peu au travers des contractions de la paroi. Une force vive le pousse vers l'extérieur. Très probablement, la première lumière l'aveugle, le premier contact de l'air agresse sa peau.

Ainsi le fœtus est expulsé de son cocon, quitte l'enveloppe liquide, l'apesanteur et la permanence du cordon nourrisseur pour devenir un bébé. Aucun retour en arrière n'est possible. Reste seulement cet environnement fantasmé plus tard avec nostalgie comme un paradis perdu à jamais.

À la première inspiration, brûlante, inaugurale, la vie débute dans un cri.

Avec l'advenue des émotions et des mots pour les penser, Georges pouvait dire être né une seconde fois. Étrange impression.

Comme pour l'enfant, naître comptait une part de promesse et de douleur. Georges pénétrait une zone inconnue, contrastée. Son horizon s'élargissait, mais il s'accompagnait d'angoisses inédites.

Rien n'avait changé autour de lui ni son parcours ni sa situation de détenu, pourtant tout devenait radicalement différent. Il ressentait maintenant son existence. Mais plus il parlait à son visiteur de prison, plus l'inconfort le gagnait.

Durant des décennies, il avait été là physiquement, actif et présent. Néanmoins, il n'y avait pas été entièrement. Qu'avait-il fait de sa vie ? Il ne trouvait aucun fait notable à rapporter.

— Et la mine ? lui rappelait monsieur Victor dans l'incompréhension totale qu'un homme comme lui, avec un travail, une maison et une famille ne puisse évoquer une quelconque réussite dans son passé.

Bien sûr, il y avait eu la mine…

Ils avaient été une bonne dizaine à Helsting à signer avec les HBL, les Houillères du Bassin de Lorraine. Des gars comme lui, croisés depuis toujours, des bancs de l'école aux champs, du bistrot aux bals des villages environnants. Des jeunes gens aux parcours similaires qui rompaient ensemble la tradition paysanne. Ils lâchaient en partie le dur travail à la surface de la Terre pour un métier non moins rude dans ses profondeurs.

Après-guerre, ces « premiers ouvriers de France » faisaient figure de nouveaux héros, ils relevaient le pays et contribuaient à sa reconstruction : « Mineur ! Le sort de la France est entre tes mains », pouvait-on lire sur les affiches de la vaste campagne de recrutement. Autant dire que le slogan résonnait avec puissance pour ces jeunes gens et leurs familles en cette période où ils retrouvaient à nouveau leur patrie. Le métier était éminemment prestigieux, l'enthousiasme contagieux. Sans compter que pour la jeunesse, le changement avait le goût de l'aventure et promettait de rompre avec l'héritage paysan de leurs aïeux. Le vent d'engouement qui avait traversé Helsting à l'époque s'était introduit jusque dans la ferme de Georges.

Poussé par sa mère et Simone, lui aussi s'était engagé. Pour un jeune homme tout juste marié et presque père, les avantages aux Houillères apparaissaient inespérés. L'homme y gagnait un salaire comme on n'en avait jamais connu au village. Les familles quittaient l'incertitude, l'angoisse des récoltes, le souci des bêtes malades et certaines fins de mois difficiles. L'avenir s'annonçait plus serein même si rares étaient ceux qui avaient souffert de la faim en cette campagne lorraine y compris pendant la guerre. De tout temps, les bocaux de fruits et de légumes emplissaient les étagères des celliers. Les kilos de pommes de terre s'entassaient dans les remises. Le cochon était tué chaque année. En comptant le lait, les œufs, les volailles et les lapins, la subsistance était assurée quoiqu'il advienne. Si par malheur on se trouvait à court, le voisinage pourvoyait.

Comme les autres, Georges et sa mère n'avaient jamais manqué de rien. Mais depuis toujours, ils vivaient chichement, sans écart ni dépenses inconsidérées. L'argent de Georges gagné à la mine ne modifia guère les habitudes. Il ne se dilapida pas en futilités, la mère y veillait. Il n'y eut pas de folies, ni l'idée d'en avoir. C'est surtout le confort de la ferme qui en profita. Les toilettes quittèrent la cabane du jardin pour s'inviter dans les murs puis une chaudière remplaça l'antique poêle à bois. Chaque début d'automne, un gros tas de charbon apparut sur l'usoir à l'avant de la maison comme devant bien d'autres à Helsting. Le chauffage se propagea jusque dans les chambres. Seule celle de la mère resta glaciale en hiver parce qu'elle ne put s'accoutumer à la chaleur. Son unique concession à la modernité fut de troquer la brique chaude au fond de son lit contre une bouillotte.

Devenus mineurs, les hommes ne changeaient pas simplement de travail, mais aussi d'identité. Ils rejoignaient un corps qui dépassait largement celui d'un groupe de collègues. Unis, différenciés de ceux qui n'en faisaient pas partie, ils partageaient plus qu'un métier.

La mine valorisait ses mineurs de fond. La fierté du travail en un lieu si particulier, inaccessible à celui qui restait en surface, redoublait à l'évocation de sa dangerosité. Il en fallait du cran pour pénétrer dans les entrailles de la Terre, supporter l'idée de plusieurs centaines de mètres au-dessus de sa tête et se glisser dans les galeries avec le risque permanent d'un éboulement ou d'un coup de grisou ! Les accidents émaillaient l'histoire. Chacun avait à l'esprit les drames de certains puits.

Georges conservait l'exact souvenir de son angoisse, coincé à cinquante sur l'un des trois étages de la *cage*, de la boule au ventre qu'il ressentait lors de la descente vertigineuse, du bruit assourdissant des machines d'extraction, de la détonation pétrifiante des tirs de mine et de la lampe à flamme à laquelle il accrochait son regard. Lui qui n'avait jamais fumé s'était mis à chiquer du tabac à quatre-cent-vingt mètres sous terre et à griller sa première cigarette sitôt le pied à la surface.

Pour rejoindre la *cage*, le couloir était étroit.

Les gueules noires remontaient du fond. Les yeux fatigués leur mangeaient le visage. Des yeux détachés, énormes, avec le blanc accentué, la pupille contractée, l'iris d'une clarté démesurée. En contraste avec la noirceur de leur peau, les mineurs conservaient leurs yeux et leurs rangées de dents cerclés de rose comme seuls signes d'humanité. La poussière collait au corps, se glissait à l'intérieur. Les vêtements imprégnés jusqu'à l'envers perdaient leur couleur à tel point que les teintes des habits de travail étaient à peine perceptibles sous les traces noires et grises. Remontés de leurs huit à dix heures passées à l'ombre, les hommes persistaient dans un monde en noir et blanc jusqu'à la douche providentielle qu'ils attendaient, nus, en file indienne, avant de récupérer leurs habits accrochés en hauteur dans la *salle des pendus*.

Jusqu'à l'entrée de la fosse, le groupe croisait la relève. « *Glück auf* ! » se lançait-on de l'un à l'autre en guise de salut. La formule leur appartenait. Tout en laissant la place aux suivants, on leur souhaitait de trouver une veine de charbon et, par-dessus tout, de revenir sain et sauf. L'invocation de la chance était omniprésente dans les échanges au point de s'immiscer dans chacune de leurs rencontres bien au-delà des temps de relais.

Ce même *Glück Auf* chapeautait l'entrée du puits. L'incantation gravée dans la poutre accompagnait les hommes qui descendaient.

C'est face à cette inscription qu'un jour le corps de Georges s'était figé.

Ses jambes ne répondirent plus. Tout pas supplémentaire fut impossible. Ses pieds s'ancrèrent au sol comme s'ils refusaient de le quitter. En toute autonomie, ils s'enracinèrent fermement pour ne pas gagner les profondeurs. La volonté ou la raison n'y auraient rien changé.

Georges laissa s'éloigner le flot des travailleurs qui s'engageaient dans le couloir pour rejoindre les galeries et fit face à ceux qui en sortaient. Son corps bousculé, balloté de droite à gauche comme un jouet de culbuto, n'avançait pas d'un pouce. Son inertie provoqua la cohue. Certains tentèrent de le pousser, lui tapèrent sur le torse, le dos ou l'omoplate. Beaucoup l'invectivèrent sans obtenir plus de résultats.

— *Schnell*, Georges ! *Jest geh ma* ! hurla le porion, chef de l'équipe de taille.

Lorsqu'au loin, la grille de la *cage* se referma sur les paquets d'hommes serrés, prêts à descendre, et que le grincement lourd des chaînes sur les poulies se fit entendre, Georges se retrouva seul.

Juste « *Glück auf* » résonnait dans sa tête. Pétrifié, il n'avait pas pu franchir l'entrée de la mine qu'il perçut ce jour-là comme une gueule béante menant au ventre d'un monstre.

Ce fut seulement au bureau des mineurs qu'un sentiment de honte surgit dans son esprit.

La honte avait tout d'une maladie. Elle affectait Georges de façon chronique et durable. Dans l'abord des évènements, elle se glissait au premier plan. Rarement, il parlait d'erreur, de mauvais choix ou de malchance. Toujours, l'idée d'une faute lui traversait la tête. Pas d'autres réflexions. Il ne refaisait pas le film, ne tirait aucun profit de l'expérience pour réajuster son attitude ou redéfinir sa route. Seule la sensation d'un ratage subsistait. Selon le cas, il se jugeait ridicule, minable, moins que rien, ou terriblement bête. Le sentiment était bref, rapidement enfoui pour ne pas torturer plus longuement la conscience.

Dans la salle des parloirs, face à monsieur Victor et sa question anodine qui tentait de lui restaurer un peu d'estime de lui, la remémoration de ce jour où il n'avait pu rejoindre les galeries du fond déclencha le même processus.

Rentré à Helsting au soir de cette fameuse journée, Georges ne dit pas un mot de ce qui s'était passé à l'entrée de la fosse. À l'image du petit enfant qui ne révèle pas ses bêtises pour s'épargner non seulement la colère des adultes, mais aussi pour ne pas faire face à ses propres agissements, Georges se tut. Il rejoignit la ferme comme si de rien n'était, évita Simone et surtout la mère.

Autant dire que ce genre de secrets ne pouvait tenir bien longtemps dans un village comme Helsting. En moins d'une nuit, chacun sut que Georges quittait le fond pour la carrière.

L'angoisse passée de voir s'écrouler le rêve d'une vie meilleure, Simone traversa l'incident sans commentaire : sa fille Corinne venait de naître, Georges gardait son travail, l'avenir était sauf. Ça lui suffisait.

La mère avait soupiré, une fois de plus. Muette. Ses yeux trahirent plus qu'une déception. Sa réaction sans les mots pour exprimer sa pensée fut d'autant plus violente.

— Il n'a pas les couilles ! avait lancé Léon dans la cuisine.

À haute voix, la phrase était donnée à entendre.

Georges se trouvait dans la pièce. Il assistait à l'échange qui le concernait. Personne ne s'adressait à lui pourtant. Cela l'avait blessé, mais comme souvent, il avait laissé couler. Les mots passaient, glissaient sur lui, n'appelaient pas de réponse, de révolte, de défense.

En repensant à la scène des décennies plus tard, il ne pouvait dire si le mépris de son frère ou le sentiment d'être transparent l'avait le plus touché.

Une rancœur germait, nouvelle, à retardement.

Avec son visiteur de prison, Georges se remémora chaque détail de l'évènement dans la cuisine. La disposition des corps : Léon debout au milieu de la pièce, la mère attablée à la place jadis réservée au père, lui-même collé au chambranle de la porte. Simone leur tournait le dos face à l'évier. À la phrase assassine de Léon, elle ne s'était pas retournée. Son buste s'était raidi, ses mains dans l'eau savonneuse s'étaient immobilisées.

Le silence avait empli les lieux. Un silence d'une épaisseur à couper au couteau. Phénoménal et paralysant.

La mère avait jeté son regard glacial que Georges connaissait trop bien.

Qu'avait-il ressenti ? À vrai dire, pas grand-chose à l'époque. Léon avait touché juste : il n'avait pas eu les « couilles ». L'évènement de la mine faisait suite à bien d'autres.

La mère n'avait pas daigné ajouter quoi que ce soit. La même scène se rejouait depuis toujours. En Simone, elle n'avait pas vu la jolie jeune fille qui deviendrait sa bru, mais seulement la grossesse qui heurtait les convenances. Le mariage avait été précipité, les festivités bâclées, l'arrondi du ventre dissimulé alors que personne au village n'était dupe et que tous ne manqueraient pas de compter les mois à rebours à la naissance de l'enfant. Pour la mère, la défaillance de Georges à la mine confirmait le raté qu'il était déjà à l'école, au certificat d'études… Rien ne changeait l'opinion qu'elle avait de son fils, ni son art de bâtir, ni celui de soigner la terre.

— N'empêche, ce n'était pas rien de travailler à la carrière, releva monsieur Victor.

Certes, le statut était moins prestigieux que celui des mineurs de fond où les boutefeux avec leurs explosifs occupaient la première place dans l'aura minière, mais aux Houillères, les mineurs du jour n'en étaient pas moins un maillon fondamental.

Georges faisait partie de la chaîne. Il conduisait les engins qui charriaient le sable de grès concassé jusqu'aux différents lieux d'extraction pour le comblement des galeries déjà exploitées afin de solidifier les puits et lutter contre leur effondrement. Bien sûr qu'il était indispensable, que son travail contribuait à l'opération globale. Rien n'aurait perduré sans ces hommes qui garantissaient la sécurité des sites et des vies humaines. Telle la tâche singulière de la fourmi dans sa colonie, celle de Georges s'inscrivait dans la survie d'une organisation qui le dépassait largement. En général, tout mineur, quel que soit son métier – sur ou sous la Terre – tirait une fierté de son engagement. Mais lui n'en avait jamais éprouvé de satisfaction personnelle et ce ne sont pas les échelons gravis sur ses trente-cinq ans de carrière qui modifièrent la perception peu honorable de lui-même. Il en résulta un sentiment de décalage avec ses collègues, celui d'être en marge au bistrot d'Helsting, distant, alors que bon nombre de ses voisins mineurs s'y retrouvaient. En retrait, il assistait plus qu'il ne participait aux revendications parfois rudes et aux effusions de réelle camaraderie entre ces hommes fortement soudés par leur entreprise.

Le regard de sa mère n'avait pas valorisé le travail de Georges. Toutefois, l'ensemble de la famille en avait profité. Les œuvres sociales se montraient généreuses. À défaut de logement fourni, une indemnité substantielle s'ajoutait au salaire conséquent et au chauffage gratuit. Les adultes avaient leurs sorties, Corinne ses colonies de vacances et ses cadeaux à Noël.

La mère, sans conteste, avait tiré profit des avantages financiers et en nature du travail de son fils et cela sur des décennies. Le médecin des Houillères la rencontrait, elle aussi.

À la SSM, la Sécurité Sociale Minière, le docteur était là, toujours, pour les gros et les petits maux, de jour et de nuit. Pour soi, la femme et les enfants ; le tout sans dépenser un centime. Bien des familles ne se privaient pas d'une petite visite à l'occasion d'un passage en ville. On en profitait parfois simplement pour renouveler le stock de sa pharmacie familiale. La salle d'attente du cabinet médical était bondée, surtout les jours de marché où certains « malades » s'agglutinaient jusque sur le palier de la consultation, mais prendre son mal en patience n'était pas difficile. Puisqu'on se connaissait tous, on discutait. Les propos, les exclamations et les rires résonnaient sans réserve de bas en haut de la cage d'escalier. L'infirmier était prévu pour les soins à domicile et quand c'était plus grave, même un hôpital était spécialement dédié aux mineurs et à leurs proches. Les Houillères leur devaient bien ça ! La mine abîmait ses hommes jusqu'à l'intérieur du corps et plongeait régulièrement ses familles dans des drames.

Alors oui, en totalisant les bénéfices du travail de Georges, le constat était clair : il était plus qu'appréciable. Mais la mère n'en avait jamais exprimé une quelconque reconnaissance.

Au centre pénitentiaire, Kurtz repérait que le moral de Georges se dégradait ces derniers temps. Le vieux détenu ne faiblissait pas à la tâche cependant. Que ce soit pour l'entretien courant des espaces verts ou la récolte des cultures, son intérêt pour le travail de la terre perdurait dans un élan indéniable. Kurtz aurait pu dire de Georges qu'il était d'humeur égale jusqu'au moment où il rejoignait le lieu de stockage de l'outillage. Avant chaque retour en cellule, les sécateurs, bêches, fourches et truelles y étaient soigneusement comptés avant d'être enfermés à double tour dans l'armoire à rangement métallique en fer blanc. Tout comme la fermeture des grilles et des portes, cela aussi ne heurtait plus les esprits. La procédure de sécurité était banale, elle signifiait juste l'arrêt du travail.

Dans le local, Georges manipulait un à un les outils tout en devenant silencieux. Il quittait progressivement la bonhomie des relations entre collègues, demeurait sombre et inaccessible à l'humour de Kurtz.

Le surveillant n'aimait pas le regard vide du vieux détenu, ses yeux éteints, ses gestes de plus en plus automatiques et ralentis. « Ça ne dit rien de bon… », observait-il en lui-même. Il en avait vu d'autres qui avaient chuté, qui s'étaient retirés du monde jusqu'à s'effacer totalement. Des morts-vivants au teint terreux à force de ne plus croiser les rayons du soleil. Des enveloppes vides, recroquevillées sur les besoins basiques et fondamentaux jusqu'à finir, parfois, repliées dans l'incurie de leur cellule. Des êtres sans paroles, désintéressés, déconnectés. Un bref sursaut chez certains les avait menés au passage à l'acte inéluctable afin de quitter définitivement ce qui ne leur était plus une vie.

Sans attendre le verrouillage de la porte de sa cellule, Georges angoissait déjà de devoir affronter la solitude. Il aurait travaillé nuit et jour pour s'éviter le malaise de faire face à lui-même. Sitôt seul, la machine à remonter le temps se mettait en marche. Folle, elle s'enrayait, revenait sur des détails sans importance. Par bouffées, les souvenirs et les idées surgissaient. Ils égrainaient des questions qui tournaient en boucle faute de réponses.

Pourquoi cette mère le hantait-elle tant ?

Cela en était ridicule, elle était décédée depuis des lustres.

Bon sang, il n'était plus un enfant !

Georges aurait pu en rire, mais l'humeur n'y était pas, le recul non plus. La mort n'avait pas suffi à régler les comptes.

De mémoire, il n'avait éprouvé aucun soulagement à sa disparition. Pas de regrets, pas d'émotions. Avec Simone, ils avaient organisé les funérailles dans l'observance scrupuleuse du rituel : la veillée dans la chambre, les habits de circonstance, l'office religieux avec la remémoration convenue d'une épouse et d'une mère valeureuse et le traditionnel *café-kuchen* au bistrot face à l'église où l'on perdait de vue la défunte après quelques verres de schnaps.

Léon avait assisté à la cérémonie tel un prince : en personnalité de marque, attendue, objet de tous les regards. Sa femme au bras, filiforme dans sa longue robe noire tombant jusqu'aux chevilles, avec ses lunettes de soleil qui lui mangeaient le visage, avait fait son effet. Frère et belle-sœur étaient repartis à la hâte, bien avant les autres invités. Ils n'avaient pas dormi au village et, le reste de la soirée, Simone avait échafaudé des hypothèses sur l'hôtel qu'ils avaient probablement rejoint pour la nuit.

À la ferme, ils avaient ensuite respecté le deuil sans radio ni télévision pendant tout un mois. Dans l'église d'Helsting s'étaient tenues la messe de quarantaine et celle du bout de l'an. Depuis, Simone fleurissait la tombe en continu, avec un arrangement plus conséquent le jour anniversaire du décès et celui de la Toussaint.

Mais finalement, la vie de Georges n'avait pas véritablement changé. Même morte, la mère avait continué à exister ces vingt dernières années. À bas bruit, tels une voûte, une chape, un spectre invisible et persistant…

Qu'elle torture encore son esprit aujourd'hui n'avait aucun sens.

Georges avait grandi dans l'appréhension d'affronter son regard. Il le craignait dès sa plus tendre enfance. Plus d'une fois, il avait créé un sentiment de honte. Le malaise s'installait bien avant la confrontation. Petit ou grand drame, c'était du pareil au même : l'accroc malencontreux dans la veste, les chaussures maculées de boue, le verre renversé, les doigts meurtris par la baguette du maître. Un jour, la trace de la main du curé sur sa joue cuisante en provoqua une autre, en symétrie, sur la joue préservée. Durant toute son enfance, il avait anticipé avec inquiétude le moment où il rentrerait à la ferme et serait à la portée de cette femme même lorsqu'il n'avait rien à se reprocher.

Le gosse qu'il était n'y décelait rien d'anormal. La mère était exigeante.

Était-ce cela le regard d'une mère ? Jamais, il ne se l'était demandé.

Les yeux étaient bleu-gris, délavés, très clairs à en être dérangeants. Ce qui leur échappait était rapporté par les autres et en particulier par Léon lorsqu'ils étaient enfants. L'angle de vue s'en trouvait biaisé. La vision déformée par le prisme d'une perception négative. Le petit Georges grandissait avec un regard omniprésent sur ce qui lui arrivait. Même hors de vue, il ne pouvait s'y soustraire.

Les mots s'ajoutaient au regard de temps à autre. La mère jugeait. En toute chose, son deuxième enfant n'était pas à la hauteur. Il se montrait ingrat et ne se préoccupait pas du mal qu'il lui infligeait. Par-dessus tout, ce fils ne s'inquiétait pas de ce qui se racontait dans le village. La mère désapprouvait, accusait. Le souci exacerbé du qu'en-dira-t-on l'aveuglait. Le reproche n'appelait aucune explication. Pas un mot n'engageait une réponse. Elle ne cherchait pas à comprendre. Georges se taisait.

Il avait tout de même essayé de se dérober, appris à ne pas croiser les yeux et tenté de se boucher les oreilles. Si seulement, il avait pu ne rien voir et ne rien entendre. Mais le regard et les mots demeuraient là, durs et puissants. Il encaissait.

À l'âge adulte, leur mode de relation ne prit pas franchement une tournure différente. Les remarques devinrent moins virulentes, peut-être, mais le regard persista, identique.

Avec le temps, la honte envahit le quotidien de Georges même en l'absence de sa mère. Elle s'installa en lui comme une seconde nature. Il courbait l'échine. Une charge pesait sur ses épaules. L'atteinte venait de l'extérieur, lourde et encombrante. Le corps endurait.

Rien d'étonnant à ce que, très tôt, lui-même fut convaincu de ne rien valoir.

Comptait-il pour elle ? Longtemps, Georges n'avait pas soulevé la question.

Il faut reconnaître qu'au moment de la guerre, sa mère l'avait protégé. Telle une louve, elle avait déployé son énergie à garder son cadet coûte que coûte hors des combats. Les soldats de la Wehrmacht n'avaient qu'à essayer de le lui prendre, jamais elle n'aurait lâché le seul fils qui lui restait !

Dès qu'elle apercevait les uniformes qui, ferme après ferme, venaient enrôler les jeunes gens du village, elle donnait l'alerte et se précipitait à l'arrière pour déverrouiller la porte de l'étable. Georges détalait aussitôt comme un lapin à travers champs jusqu'à rejoindre le petit bois où, à plusieurs, ils attendaient le retour au calme après le départ des troupes.

Le groupe en fuite n'était pas bien vieux, tout juste seize ans pour les plus jeunes.

Tapis dans les feuilles, le corps lourd, l'énergie mue par le désir de disparaître, de se dissoudre dans le sol, ils se tenaient immobiles. Les minutes se transformaient en éternité jusqu'aux premiers craquements et bruissements provoqués par les plus audacieux. Les uns après les autres, lentement, ils se relevaient.

Ce n'est que le danger écarté qu'ils constataient que certains manquaient. Peu avaient fui en zone occupée, beaucoup endossaient d'eux-mêmes l'uniforme allemand pour préserver la famille de représailles. Ceux-là partaient loin, la plupart sur le front russe, dispersés dans les bataillons pour réduire les risques de désertion ou de rébellion. En conséquence, ceux du petit bois étaient de moins en moins nombreux.

Au départ des soldats, ils ne rentraient pas tout de suite au village. La terreur les quittait rapidement. La jeunesse reprenait ses droits pour transformer les drames. Ils jouaient alors comme des enfants qu'ils étaient presque encore et se gaussaient d'avoir berné les « Boches ».

L'opération qui avait l'allure d'une rafle s'était reproduite à plusieurs reprises.

Un jour pourtant, il fut trop tard pour déguerpir. La mère fit front. Elle s'opposa fermement aux deux Allemands qui frappèrent à la ferme. Avec aplomb, elle entrebâilla la porte de la chambre où gisait son fils cloué au lit par une fièvre de cheval. L'assurance qu'elle afficha ne permit aucun doute : « Il ne tient même pas debout ! » avait-elle argué dans leur langue commune avec une détermination telle qu'aucun des deux soldats n'était allé jusqu'à soulever l'édredon ou à poser sa main sur le front du malade. Là comme ailleurs, pour tous et en toute chose, le propos affirmé de la mère ne souffrait d'aucune contestation.

Durant des années, Georges avait gardé cette image. Héroïque ce jour-là, sa mère lui avait très certainement sauvé la vie. Il s'était accroché à ce bout d'histoire où contre vents et marées, elle avait montré qu'elle tenait à lui. Jamais il ne s'était interrogé sur l'attitude prise en cet instant qui ne ressemblait en rien à la mère qu'il connaissait.

À trois heures du matin, dans le silence du bâtiment dédié au quartier de détention, dans la solitude de sa cellule, l'esprit de Georges s'attacha à cet évènement vieux de plus de quarante-cinq ans.

Finalement, il n'avait pas choisi d'éviter la guerre.

Allait-il ou pas s'engager ? Contrairement à Léon, il n'avait pas pris position.

Le frère avait emboîté les pas du père au printemps 40 à l'heure de la toute première vague, celle de ceux qui reviendraient en uniforme de l'armée française ou auraient leur nom à l'honneur sur le monument aux morts d'Helsting.

La mère avait vu partir son mari, deux mois plus tard, son fils aîné…

Ce fut exactement à cette époque, se souvient Georges subrepticement, qu'il avait rejoint le lit maternel.

L'homme se révélait.

Monsieur Victor se taisait de plus en plus lors des parloirs. Toute son attention portait sur les propos de Georges. Lui-même avait connu la dernière guerre, mais, foncièrement, il ne s'agissait pas de la même. Ce n'est qu'après ses études de Lettres classiques qu'il avait quitté son Bordelais natal pour découvrir la Lorraine. Il s'y était établi définitivement en épousant une fille du pays. Par elle, monsieur Victor avait approché, en pièce rapportée, ce qu'avaient pu vivre ces hommes et ces femmes d'Alsace-Moselle durant la guerre. Mais dans la famille de sa femme comme dans beaucoup d'autres, les drames intimes en zone annexée se racontaient peu à l'époque et en particulier ceux des incorporés de force.

Qui pouvait comprendre ?

Déjà qu'on était né allemand ou français selon son année de naissance, les hommes avaient été ballotés par l'histoire de leur terre. Les frontières étaient mouvantes. Au gré des annexions successives, ils avaient combattu sous l'un ou l'autre drapeau. Ainsi, le père de Georges changea de camp de l'une à l'autre guerre, plusieurs habitants d'Helsting passèrent des couleurs françaises aux couleurs allemandes au cours de la seconde. En une poignée d'années, on vit les pères se battre contre les fils. Les frères, les cousins, les voisins, les uns contre les autres.

Pour finir, ils s'étaient tus longtemps. Les rescapés avaient gardé leur douleur et les images de l'horreur gravées dans leur chair. Face à l'indicible, seules les anecdotes se racontaient dans les familles comme pour évacuer la maltraitance phénoménale qu'elles avaient subie.

En écoutant Georges, monsieur Victor reconnaissait les souvenirs que lui contait sa femme. Enfant pendant la guerre, elle avait été recueillie avec sa mère au village de sa grand-mère. La vie s'y déroulait moins rude qu'en ville. Elle s'organisait sans hommes, dans une solidarité féminine et un retour aux sources paysannes. Le père de madame Victor avait bien tenté de s'extraire de ce déterminisme familial, non sans désapprobation de sa famille, voire du village en son entier. Mais en son absence, le retour en arrière fut providentiel pour la petite fille et sa mère : la garantie d'un gîte et d'un couvert, l'assurance de liens serrés et protecteurs.

À la barbe de l'instituteur allemand qui avait pris la classe dès l'automne 40 dans ce village mosellan, les comptines en français s'échangeaient à voix basse dans la cour de la *Volksschule* où la journée scolaire débutait par le salut hitlérien. « Maman les p'tits bateaux qui vont sur l'eau… » remplaça en toute clandestinité le « *Backe, backe Kuchen, der Bäcker hat gerufen…* ». Monsieur Victor se rappelait que sa femme les chantait encore, en souriant. Son plaisir était toujours perceptible. La transgression avait été d'importance telle une petite revanche, un héroïsme enfantin comparable aux slogans résistants dans le petit bois d'Helsting. Là-bas, la jeunesse avait beuglé son patriotisme haut et fort en une langue interdite même si, pour eux aussi, le français n'était pas leur langue maternelle.

À la libération, la femme de monsieur Victor avait tout juste dix ans. Elle n'était pas l'un de ces tout-petits qui, dans le village de sa grand-mère comme à Helsting, avaient pleuré, effarouchés et craintifs, au moment de revoir leur père que la guerre avait transformé en de parfaits inconnus. Le souvenir de la réapparition de son père à elle était net, photographique, persistant, relaté à de nombreuses reprises sur des années. Des images ressassées, témoins d'un héritage douloureux. Le signe de la fin de l'histoire d'un homme qu'elle-même n'avait pas vécue, mais qu'elle endosserait sa vie durant. Dans une émotion intacte, elle se remémorait la sérieuse indigestion de son père, le jour même de son retour des camps. Alors, la guerre était finie. Elle et sa mère avaient quitté le village depuis des mois pour retrouver leur appartement en ville, en zone libérée. Son père n'avait pas mangé, mais englouti une brioche avec l'avidité d'une bête affamée. Son corps d'une maigreur extrême, meurtri par des mois de malnutrition, s'était tordu sur lui-même, plié de douleur sur plusieurs jours. Par la suite, son esprit n'avait pu se détacher de l'horreur subie. Jusqu'à sa mort, comme bien d'autres déportés, le poids était resté marqué au fer rouge, d'une lourdeur invraisemblable à porter. Il n'avait pu se défaire de la nécessité d'accumuler de la nourriture, en boîtes de conserve dans les placards et à disposition sur sa table de chevet pour affronter les terreurs monumentales de ses nuits. Corps et âme, l'homme présentait les stigmates d'une plongée dans l'inhumanité. Les mots lui manquaient pour le dire et, peut-être, que sa mort prématurée en fût la conséquence. Somme toute, monsieur Victor l'avait connu peu de temps.

À l'évocation de cette période, les yeux de sa femme s'embuaient très souvent au début de leur mariage même si, dans sa famille comme dans bien d'autres, on parlait davantage de la vie au village que des souffrances endurées par ceux qui en étaient partis.

En écoutant Georges, monsieur Victor se disait que les histoires se ressemblaient, mais tout de même, celle de cet homme avait été très singulière.

En peu de temps, la guerre vida Helsting de ses hommes.

Lorsque la Wehrmacht ratissa de plus en plus large – enrôlant les plus jeunes et les plus vieux –, rares furent ceux qui se retrouvèrent au petit bois. Les manœuvres d'incorporation de force se déployèrent plus musclées et menaçantes. La non-présentation au conseil de révision de la ville pour « le service militaire obligatoire » décrété par l'Allemagne ne souffrit plus de seconde chance. Les insoumis, les déserteurs et leurs familles risquèrent gros.

Plus personne ne croisa Georges dans la rue, les champs, les vergers. On ne l'aperçut plus à l'église, à l'avant ou à l'arrière de la ferme. Avait-il gagné la forêt par-delà le petit bois pour rejoindre ceux qui tentaient d'y survivre en s'organisant comme ils pouvaient ? Avait-il fui en zone occupée, ou même atteint la zone libre ?

Sans nouvelle de sa part, personne au village ne sut comment il échappa à l'armée allemande.

La mère était seule, pleurait la perte de ses trois hommes.

Elle s'activait dans l'étable, la basse-cour et les champs, se chargeait des tâches les plus lourdes, s'évertuait à maintenir la ferme à flot et priait pour le retour du père et de ses deux fils. Quelques bribes d'information lui parvinrent par courrier : les mots maladroitement griffonnés de son mari dans les Ardennes tout au début, puis plusieurs lettres rassurantes de Léon d'Allemagne où il avait été retenu prisonnier.

Mais de Georges, elle n'obtint aucun signe de vie.

L'armée allemande fouilla sa maison. Contre toute attente, elle échappa au destin tragique de certains autres parents qui, par principe de responsabilité familiale, la *Sippenhaft*, se virent transplantés en Silésie.

Aux yeux de tous, Georges avait quitté Helsting et rien dans l'attitude de la mère n'aurait fait douter quiconque.

Lorsque le vieil homme se remémora le réduit dans la remise de la ferme, l'odeur mêlée d'urine, de sueur et de terre resurgit en premier. L'espace était ridicule. Deux à trois mètres cubes tout au plus. En position allongée, ses pieds butaient contre la paroi humide en terre battue. Impossible de s'y tenir debout. Assis, il ne pouvait redresser les épaules et la tête. Le moins inconfortable était encore de se recroqueviller en chien de fusil.

Les premiers temps, les douleurs dominèrent sa vie de reclus. Ses muscles se contractaient, des crampes aux orteils et aux doigts le saisissaient inopinément et sa nuque crispée se raidissait en un torticolis continu. Toute tentative pour se mouvoir se révélait un calvaire. Les souffrances du corps l'amenèrent à réduire tout mouvement jusqu'à s'immobiliser totalement. En parallèle, ses angoisses du début disparurent : celle de manquer d'air, d'être enterré vivant et oublié par le reste du monde, celle de mourir sans que personne ne le sache.

Les semaines et les mois succédèrent aux jours. Le moment vint où il quitta son corps et ses inquiétudes pour plonger dans le néant où rien ne comptait plus. Dans le silence de la nuit, la mère dégageait les paniers, caisses et sacs de pommes de terre accumulés sur la trappe pour ouvrir le réduit. Les quelques heures de liberté ne l'animaient pas davantage.

Georges avait du mal aujourd'hui à dénombrer avec exactitude le temps de sa réclusion. Ce qu'il pouvait en dire était seulement qu'à partir du printemps ou de l'été 1942 il ne mit plus un pied dehors.

— Ou peut-être, corrigeait-il face à monsieur Victor, en décembre 41…

C'était après la venue des deux soldats allemands, sa fuite précipitée au fond du lit tout habillé faute d'avoir pu rejoindre le petit bois, après ce long moment où, tétanisé, il avait assisté au barrage maternel.

Ensuite, il ne sortit de la ferme qu'à la libération.

Entre les deux, la mère l'avait bel et bien fait disparaître.

Au centre pénitentiaire finalement, il n'en était pas à son premier enfermement. Rien de comparable pourtant. N'empêche, la résonnance faisait son effet.

Georges prit conscience qu'il était coupé du monde. Aucune nouvelle de l'extérieur n'arrivait jusqu'à lui. Le temps était figé. La montre était cassée. Son mécanisme n'était pas arrêté, mais bloqué sur une heure précise, avec le frémissement continu de l'aiguille des secondes qui ne parvenait plus à accomplir le saut à la suivante. Georges aurait été bien en peine de dire qui se trouvait à la tête de l'État, qui demeurait vivant ou mort à Helsting, quelle était la destinée de sa ferme, de ses terres et des mineurs qu'il avait côtoyés. Rien ne l'amenait à s'interroger sur l'évolution de la société, des techniques ou de la science. Il ne l'imaginait même pas. Sa perception de l'environnement extérieur était suspendue comme si ses premiers pas en maison d'arrêt avaient stoppé le cours du temps.

Son cœur continuait à battre malgré tout. Arrivé au centre de détention, il s'était bien reconstruit un semblant d'existence. Le mouvement avait repris, mais étriqué, bordé, limité aux enceintes de la prison puissamment étanches au monde extérieur.

Soudain, il pensa qu'il n'était sûrement pas étranger au phénomène puisque lui-même y avait participé. Il ne regardait plus la télévision, n'écoutait plus la radio et n'entretenait aucune correspondance avec quiconque.

« Que devenaient Simone, Corinne et la P'tite Juliette ? »

La question apparut. Pour la première fois. Dérangeante, perturbante en cet instant.

La vie avait continué pour les autres. Il n'y avait jamais songé.

Avant son arrivée au centre, son expérience de repli en maison d'arrêt était incontestablement celle qui rencontrait le plus de similitudes avec sa réclusion dans la remise de la ferme pendant la guerre. Lorsque son affaire d'abus envers des enfants fut révélée et que les violences de tous explosèrent contre lui, il avait tenté d'effacer son existence, de se faire oublier tant l'angoisse phénoménale d'être à la merci de l'autre l'envahissait.

Quelque chose du même ordre avait fonctionné avec sa mère, Georges en était maintenant convaincu.

Bien sûr, cette femme l'avait soustrait aux atrocités de la guerre et lui avait permis de vivre. Au fil du temps, l'histoire contée dans le village s'était largement enjolivée. La mère était devenue la résistante, la patriote face à l'ennemi. Une figure maternelle héroïque qui, au risque de sa vie, avait sauvé celle de son enfant. Quoi de plus honorable ?

Mais en deçà, se jouait une bien autre réalité : dans le secret de sa réclusion, Georges s'était trouvé plus que jamais sous son emprise.

Jusqu'alors, il n'en avait pas parlé. L'idée même n'avait pas franchi sa conscience. Comment aurait-il pu ? Bien de ses camarades n'eurent pas sa chance. Pour ces incorporés de force, vivants ou morts au bout du compte, ce qu'ils avaient vécu était passé sous silence. Face à la tragédie de ces destins, la reconnaissance de Georges envers sa mère ne pouvait être qu'éternelle, écrasante, impossible à éponger.

Jamais, il ne lui avait reproché quoique ce soit, ni ses blessures d'enfance ni ses manœuvres pour le garder sous sa coupe. Bien sûr qu'il en éprouvait une douleur, mais la sensation n'avait pas franchi la barre de l'analyse. Elle s'entourait de silence, le laissait seul dans ce qu'il avait ressenti de manière brute, sans recul. Juste une lourdeur subsistait, un dégoût aussi – étouffant celui-ci – lorsque le partage du lit maternel lui revenait en mémoire.

Tout s'était déroulé comme s'il avait ravalé son être.

Son cœur battait, tout comme l'aiguille des secondes frémissante et enrayée, incapable d'avancer. Et ceci depuis le début, c'étaient les règles du jeu que sa mère imposait. Il ne s'était pas rebellé. Pour cela, il aurait fallu qu'il ouvre les yeux.

« Je suis resté dans l'œuf », se disait Georges aujourd'hui, seulement aujourd'hui.

La coquille était épaisse, certes, mais l'éclosion est aussi l'affaire de l'oisillon.

Le plus douloureux à cet instant était de prendre conscience qu'il n'avait rien tenté pour s'en extraire sur plus de soixante ans.

Monsieur Victor se demandait pourquoi sa rencontre avec Simone et son mariage n'avaient pas créé d'ouverture :

— L'opportunité était là pour rebattre les cartes. Non ?

Mais, dans le retour sur ce qu'avait été sa vie, Georges n'en était pas encore là. Il répondait simplement que cela n'avait pas changé grand-chose :

— Les dés étaient pipés dès le départ.

Comment en vient-on à gâcher sa vie ?

Cette seule question peut mener à vouloir tout lâcher. L'idée traversa Georges plus d'une fois. Lorsqu'il pensait aux chemins empruntés, le constat d'une vie peu louable s'affichait comme une évidence. Le fils qu'il était n'avait pas rencontré la reconnaissance et la fierté d'une mère et, en tant qu'homme, cela n'avait été guère mieux.

Alors oui, il aurait pu souhaiter larguer les amarres, faire le grand saut en se disant que le néant était préférable. Et ce n'est pas Dieu qui l'aurait freiné, y croire ou pas n'était pas une question qu'il s'était sérieusement posée.

La ceinture pouvait s'accrocher aux barreaux, un sécateur ou une cisaille être subtilisés de l'armoire à rangement ; la confiance que lui accordait Kurtz le lui aurait permis aisément. Il aurait pu dérober les substances plus ou moins licites avec lesquelles s'abrutissait Fred. Quelques paroles rassurantes sur les douleurs articulaires d'un vieil homme qui travaillait avec une ferveur qui n'était plus de son âge auraient très certainement justifié la délivrance des cachets. Mais voilà, ce n'était pas si simple. Cela demandait tout de même à trahir la confiance de Kurtz et à abandonner Fred. Et surtout, il y avait monsieur Victor qui s'était exclamé avec force à la perception des humeurs noires de Georges qui ruminait sur le sens de sa vie et le désir d'en finir pour peu qu'il en ait eu le cran :

— Mais Georges, c'est vivre qui est courageux !

Georges ne se reconnaissait pas dans les mots de monsieur Victor. Du courage ? La réflexion de son visiteur confirmait une fois de plus l'homme qu'il était, terriblement dépourvu de cette qualité. En lui, pas de puissance, pas de détermination virile, pas d'assurance dans ses choix. Pas d'homme qui tient solidement debout.

Néanmoins, l'effet de la phrase tint au ton du propos. Monsieur Victor barrait tout projet parce qu'il était concerné. Il s'insurgeait, refusait la scène, redoutait la perte. L'attachement était bel et bien là, construit au fil des rendez-vous hebdomadaires où la littérature était devenue mineure. Sans que Georges n'y prête garde, les hommes et les liens se révélaient importants. Bien plus que par le passé…

À y réfléchir, sa vie s'était déroulée dans un monde de femmes.

De son père, il gardait peu de souvenirs, à tel point qu'il avait vécu des années dans l'oubli. L'homme vivait dans ses champs et son étable, à distance de la vie intérieure de la ferme. Il vaquait en périphérie. Les enfants n'étaient pas son affaire. Il fréquentait les bistrots du village, comme Georges lui-même en avait l'habitude, puis il rentrait au coucher du soleil, grisé par l'alcool, souvent l'esprit mauvais. Alors, personne ne soufflait mot. Georges se rappelait ses colères noires, certains soirs, lorsque lui et son frère avaient tardé à gagner leur lit. Les enfants n'avaient pas droit à de l'attention. Pas de prévenance et encore moins de tendresse paternelle. Ils ne traînaient pas dans les pattes de l'homme de la maison. Une histoire d'époque peut-être.

— Mon père était bourru, pudique et froid, décrivait Georges aujourd'hui, quelqu'un de peu causant. Pas question d'exprimer ses sentiments !

Ses fils ne suscitèrent son intérêt qu'à l'âge de six ou huit ans. En hommes miniatures, ils constituaient une main-d'œuvre, ponctuelle et variable selon les saisons : les patates, les mirabelles, les quetsches, les pommes… à arracher, à cueillir ou à ramasser de l'aube au crépuscule lorsque l'heure de la récolte sonnait. Les bêtes rentraient du champ, Georges et Léon de part et d'autre du troupeau, bâton à la main. Les fils secondaient le père pour l'occasion, en guise de prolongements dans l'opération, de bras tendus pour parer aux incartades des vaches ou des cochons.

Le père attendait-il le jour où s'instaureraient des relations d'homme à homme ?

Si Georges l'avait vu vieillir, les choses auraient-elles été différentes ?

La guerre le priva de cette perspective qu'il imaginait possible. Parti au front, jamais le père ne revint. Inexistant jusqu'alors dans la vie de ses fils, il disparut pour de bon. Du paysage, des esprits et des mots, il s'évapora.

La mère en parlait peu. Même l'annonce de sa mort tarda.

Durant de longues années, le statut de disparu colla au personnage. Personne n'en fit grand cas. Concrètement, cela ne changea pas grand-chose à ce qui avait toujours fonctionné. La mère décidait et gérait. De ses deux hommes partis combattre, seul Léon était revenu. Pour elle, c'était primordial. Son fils aîné était de retour dans un village où bien d'autres moururent sous les couleurs de l'armée française ou allemande. Elle le chérissait en laissant son cadet de côté et le père sous silence. En poussant un peu le raisonnement, Georges l'imaginait satisfaite par l'absence de ce mari qui ne l'encombrerait plus. Dès son départ, sans même attendre la fin de la guerre, elle s'était assise en bout de table, à la place réservée au chef de famille dans la cuisine. Le champ était libre et la disparition lui conférait définitivement les pleins pouvoirs.

Le retour du père aurait-il modifié les choses ? Rien de moins sûr.

Aurait-il tapé du poing sur la table, revendiqué sa position et, par là même, assuré celle de Georges en desserrant les griffes de sa femme ? L'aurait-il extirpé de la chambre conjugale ?

Georges n'en saura jamais rien. Il aurait aimé refaire l'histoire ; il lui plaisait d'y croire. Peut-être aurait-il obtenu un soutien pour s'affranchir comme Léon l'avait fait ?

Une fois encore, la réussite de son frère lui sautait aux yeux. Sa destinée était enviable et son propre ratage plus que jamais évident, mais le regard de Georges changeait.

Plus il réfléchissait, plus la clémence apparaissait envers de son aîné. Les études de Léon lui avaient permis ce que lui-même n'avait jamais réalisé. Son frère avait eu le cran de saisir les occasions, il s'était dégagé des liens étouffants, tournés en dedans, aliénants. Il avait bien fait finalement. Les plus de mille kilomètres entre lui et la mère avaient été son salut.

Lui, Georges, était resté, englué, les yeux bandés et le corps paralysé.

Alors oui, il avait gâché sa vie. Pourquoi ? Il commençait à en percevoir des bribes de réponse.

Une époque avait été légère pourtant. Heureuse même.

C'était l'été, l'air était doux, les nuits chaudes et scintillantes à la lumière des guirlandes électriques et des lampions multicolores. Les valses et les marches faisaient virevolter les robes des filles. Le parquet aménagé pour la piste de danse craquait sous les pas joyeux, pressés de chasser la guerre. Les corps se touchaient. Les jeunes filles rougissaient, certaines minaudaient. Beaucoup jetaient un œil anxieux sur le bord de la piste où leur mère, leur grande sœur ou leur tante se chargeaient de les chaperonner : une liberté sous contrôle, mais une liberté tout de même. Les joies étaient simples pour la jeunesse qui se jetait à corps perdu dans la danse, comme si elle tournait brutalement la page d'un livre, sans revenir en arrière. Surtout ne pas revenir en arrière ! Effacer les premières pages, les brûler, tiens ! En écrire d'autres, vivantes celles-ci, tournées vers un avenir tout neuf, exempt du passé puisqu'il n'existerait plus.

— Il y avait une ambiance du tonnerre dans les bals, se remémorait Georges avec nostalgie.

Lui n'était pas en reste, l'un des premiers à inviter les filles qui le remarquaient. La guerre était loin, la mère était loin. Pour peu que chacun ait une période dorée, l'immédiate après-guerre fut celle de Georges.

Simone se tenait en bord de piste. Elle avait soigné son effet. Son chemisier cintré soulignait la finesse de sa taille. Sa coiffure sophistiquée s'inspirait des magazines de mode peuplés de pin-up américaines, une coiffure bouffante avec la frange savamment enroulée. Les cheveux relevés à l'arrière laissaient planer l'énigme de leur longueur. Immédiatement, Georges fantasma. Il imagina l'instant où il toucherait cette nuque délicate et légèrement dorée à la lueur du crépuscule. Les épingles, démises une à une, libèreraient cette crinière dans l'obscurité de la nuit tombée. La jupe sage de Simone était évasée. Tout de même plus courte que celle des mères, elle dévoilait quelque peu ses mollets lorsque son corps ondulait au rythme entraînant de l'accordéon.

L'image gravée dans la tête de Georges restait très nette. Il voyait bien que la jeune fille détournait volontairement le regard pour lui laisser le loisir de la fixer davantage. C'était déjà un appel, un accord avant même d'échanger quoi que ce soit. Georges n'écoutait plus les deux ou trois camarades avec qui il faisait régulièrement la tournée des bals d'un village à l'autre. Il contemplait Simone, s'attarda longuement, puis traversa la piste où les danseurs reprenaient leur souffle à la fin du morceau.

Là, dès à présent, Simone l'avait attrapé.

Dès l'instant où il se dirigea vers elle pour la *Tiroler Holzhacker March* qu'entamait l'accordéoniste, la vie de Georges fut dessinée.

Il guida Simone, sûr de lui, précis et efficace, engageant sa partenaire à le suivre, à tournoyer. Il variait d'allure selon les passages du morceau. Sa main décidait du rapprochement des corps, ses pas déterminaient le déplacement sur la piste. Il menait la danse comme si lui seul ordonnait qu'ils ne faisaient plus qu'un.

Par la suite, tout le reste échappa à Georges. Il n'y eut plus jamais d'autre partenaire.

Lorsque Simone s'installa à la ferme, le moule était déjà là. Elle n'eut qu'à s'y glisser. Elle prit place, à l'ombre de la mère, dans un sillon tout tracé où l'homme n'avait que peu de choix à faire et peu de mots à dire.

La seule situation où Georges pouvait dire avoir gardé la main restait la danse. Bien loin de l'intimité morne et figée de leur couple, il ne la conserva qu'en public, à l'occasion des mariages et des festivités de la Sainte-Barbe si chère à leur communauté minière.

Trop de femmes avaient entouré sa vie. Tout du long, finalement, il n'avait pas réellement pu être un homme.

Cette histoire d'hystérectomie de Simone à laquelle il s'était accroché en défiant tout entendement lors de l'instruction judiciaire et de son procès lui paraissait bien grotesque aujourd'hui.

C'était juste une histoire qu'il s'était contée à lui-même, une rationalisation, un bout d'explication qui réglait hâtivement la question. Une facilité d'esprit, une excuse rapide qui calmait la conscience et étouffait les remords. L'amputation de Simone l'avait dégagé de sa responsabilité. Ce n'était qu'une tentative simpliste pour trouver du sens à l'insensé.

En réalité, l'hystérectomie constituait seulement la part visible de l'iceberg.

Un déclencheur peut-être ?

Si Georges ne s'accrocha pas aux barreaux et n'avala pas une poignée de cachets, ce fut en grande partie grâce à Fred.

Malgré les cours théoriques auxquels le « gamin » s'astreignait tant bien que mal, son niveau ne décolla pas franchement. Son écriture restait phonétique, sa lecture butait à plusieurs reprises au cours d'une même phrase, son esprit s'embrumait à tout raisonnement logique et sa mémoire défaillait dès qu'il s'agissait de textes règlementaires et de connaissances agronomiques. La quantité de neurones grillés jadis au trichloréthylène sur le terrain vague en bordure de sa cité n'y était certainement pas étrangère.

Pourtant, côté pratique, il ne se débrouillait pas si mal. Lui qui n'avait jamais travaillé la terre savait maintenant semer, planter, installer une clôture et multiplier les végétaux. Surtout, rien ne lui plaisait plus que de manier les engins : le coupe-bordure, le motoculteur, les deux tondeuses dont l'autoportée en particulier, le microtracteur et ses quatre roues motrices... Ni la « taule », ni son crime, ni son piètre parcours n'existaient lorsque son regard s'accrochait aux parties mécaniques, électriques, hydrauliques ou pneumatiques des machines.

Le goût d'une autre vie, lointaine, à quatre ou cinq sur le terrain vague resurgissait alors avec une excitation intacte.

Dès l'âge de onze ou douze ans, Fred avait démonté des moteurs. Lorsque l'un des leurs se pointait sur le terrain avec une « mob », c'était la fête. Peu importait la façon dont il se l'était procurée. Les pièces étalées dans l'herbe étaient observées une à une, puis nettoyées minutieusement avant d'être assemblées en tâtonnant. Plus âgé, le petit groupe avait quelques fois réussi à remonter l'engin et cherché à en améliorer les performances. Au bout de quelques heures ou de quelques jours, la mobylette finissait invariablement désossée, abandonnée à la rouille entre les buttes d'herbes folles, comme un corps démembré dont plus personne ne se souciait.

Fred en gardait la mémoire d'un plaisir infini. C'était la part belle de sa vie, celle des « potes », à distance de l'indifférence maternelle et de la rudesse paternelle. La mécanique aurait pu être le socle d'un rêve de vie meilleure, une bascule, un fil à saisir pour inverser sa destinée de petit paumé pour peu qu'il ait eu l'idée d'en faire un projet. Pour peu aussi qu'y penser n'arrive pas trop tard.

Aujourd'hui, Fred en était loin. Il se contentait des cultures ornementales et maraîchères, et encore, il n'avait pas été fichu d'obtenir son BEP. Malgré tous ses efforts pour réapprendre les bases et comprendre les notions théoriques, il n'avait rencontré que des écueils. Rien à faire, les connaissances ne s'inscrivaient pas dans son cerveau et le soutien de Georges n'y changea rien. À l'image d'une passoire, son esprit les laissait filer, incapable d'en retenir un minimum pour sauver les meubles à l'examen.

Fred en avait conscience. Comment pouvait-on être si bête ? La question ne datait pas d'aujourd'hui. Elle avait traversé toute son enfance avant qu'il ne la règle définitivement au collège en désertant les cours. N'empêche, il s'était mis à y croire à son diplôme et, au moment de conclure, il ne récoltait qu'une Certification aux Métiers agricoles, un maigre papier.

Fred était blessé. En fier-à-bras, il invalida la formation en criant haut et fort que les « fleufleurs » et les salades n'étaient pas sa tasse de thé, que c'était un métier de « gonzesse » et un boulot d'esclave qui ne rapportait que des « clopinettes ».

Ses mouvements d'humeur et sa mauvaise volonté emplirent la parcelle de plantations à l'arrière des bâtiments du centre pénitentiaire. En cette matinée de juillet, l'ouvrage ne manquait pas. Un orage était annoncé pour l'après-midi. Dans la moiteur de l'air déjà palpable, l'ambiance se chargeait d'électricité, gagnant insidieusement les corps et les esprits, ce qui n'arrangeait rien.

Excédé par l'attitude du jeune homme, Kurtz se fâcha.

La fourche de Fred atterrit sur les plants de tomate, en faucha deux au passage.

Kurtz le renvoya.

En fin de journée, Georges retrouva le gamin dans la salle de la petite bibliothèque. Il s'en étonna. Fred n'était pas resté en cellule où il aurait eu tout le loisir de s'abrutir, une fois de plus, à coup de cachets ou d'émissions de télévision plus idiotes les unes que les autres. Non, il était assis là, à l'attendre peut-être ?

Fred ne parlait pas. Ses globes oculaires tournoyaient fébrilement en reflet de son agitation interne. Ils ne fixaient aucun objet présent dans la pièce. Pas un moment, son regard ne porta sur Georges.

Enfin, il lâcha :

— La vie est une grosse merde !

Plus que blessé dans son amour propre, Fred semblait profondément atteint. Les yeux rougis, les paupières gonflées, il avait très certainement pleuré. Au-delà de la rage d'avoir échoué à l'examen, c'est sur sa vie entière qu'il avait déversé ses larmes. Rien n'avait fonctionné comme ça aurait dû.

Georges fut touché. À force de le fréquenter, le vieil homme s'était fait une idée plus précise de l'histoire de ce jeune de cité. Petite bribe par petite bribe, le gamin s'était livré.

Dans cette pièce où Fred avait travaillé des heures à ressasser des notions avec Georges, il marmonnait maintenant pour lui-même sans s'adresser à un quelconque interlocuteur. Son corps se balançait d'avant en arrière dans une nervosité perturbée. Juste des mots sortaient, sans prendre la peine de formuler des phrases.

Tout y passait : le « salaud » de père, le lâchage des « potes », le « trou » où on le laissait croupir, le

« connard » d'épicier, la « putain » de Winchester qu'il avait ramassée…

C'était un vieux modèle de fusil à pompe, calibre 12, une arme de chasse pour gros gibier récupérée l'on ne sait où. Comme pour les « mobs », elle avait rejoint le terrain vague sans que personne ne se soucie de sa provenance.

La première approche de Fred avait été timide. Impressionné par l'objet qui tournait de main en main, il ne l'avait touché que du bout des doigts comme si le métal du canon était brûlant. La crosse était douce, en bois patiné par les années. L'ensemble crasseux témoignait d'une mise au rancart depuis bien longtemps. Dans un silence quasi religieux, les autres avaient soigneusement nettoyé l'engin alors que Fred regardait l'arme sans la manipuler. Ensuite, l'excitation avait gagné le groupe. Ils se sentirent forts, détalèrent dans le terrain vague, se cachèrent dans les ornières, hurlèrent comme des enfants mimant la guerre. Le fusil leur conférait une puissance jamais ressentie. En cet instant précisément, jeu et réalité s'étaient brouillés.

Puis, tout avait dérapé. Trois balles étaient encore présentes dans le chargeur.

Georges avait un mal fou à imaginer le gamin saisir l'arme à deux mains, en supporter le poids, lever le canon, mettre en joue, viser, tirer. Épais comme une brindille, trouillard comme un lapin, sa carrure n'était pas celle d'un braqueur prêt à tuer. Qui l'eût cru ? Emporté par on ne sait quelle bravoure, animé d'une hardiesse méconnue, il avait bel et bien ramassé le fusil jeté à terre lorsque l'épicier avait avancé.

Le commerce était le premier qu'ils rencontrèrent sur leur chemin. Tout devenait possible avec leur trouvaille : se remplir les poches de ce qui se trouvait à portée de main, saisir plusieurs sacs, y engouffrer un maximum d'articles exposés sur les rayonnages, braquer la caisse ? … Rien n'était prémédité. Mais voilà, la fanfaronnade du petit groupe, excité et bruyant lorsqu'il s'était engagé sur la route menant au centre-ville, s'était tue au premier mouvement de l'homme dans l'épicerie. Tous avaient lâché l'affaire. Tous avaient fui, quitté l'endroit, disparu en abandonnant le fusil échoué avec fracas sur le carrelage. Brutalement, tous étaient redescendus sur terre. Sauf Fred.

Contre toute attente, il avait ramassé la vieille Winchester et tiré, encore tiré, puis tiré une troisième fois. Si l'arme avait disposé d'un double barillet, il aurait très certainement envoyé une bonne douzaine de balles. Le buste secoué, l'oreille abrutie et l'esprit envahi par les détonations successives, Fred ne réfléchit plus à rien en cet instant. L'homme qui lui faisait face n'existait plus. L'impact des tirs provoquait des soubresauts d'un corps qu'il ne voyait plus. La petite épicerie s'emplissait d'un hurlement qu'il n'entendait plus.

« Un trou noir », rapportait Fred sans pouvoir expliquer davantage.

L'acte se révélait irrationnel et incompréhensible. Rien n'indiquait que l'épicier l'avait menacé. Personne ne témoignerait d'un mouvement de violence ou de défense de sa part. Alors évidemment, le jury des assises ne fit preuve d'aucune clémence. Le meurtre demeurait inexplicable, gratuit, et le jeune homme, tout juste majeur, un sérieux danger pour la société.

Mais au fond de lui-même, Fred savait bien que l'émotion l'avait débordé ; il ne pouvait le dire. En vérité, une trouille monumentale l'avait submergé. La terreur avait guidé ses actes comme s'il s'agissait de vie ou de mort. Bien loin de l'image populaire d'un meurtrier en puissance, il craignait les coups plus que tout. Cette fois, il s'était défendu comme il ne l'avait jamais osé. Il avait réagi, somme toute bien plus qu'avec son père. Les images s'étaient-elles superposées ? L'esprit embrouillé de Fred n'avait pas démêlé la question. Lui restait simplement l'idée d'une peur viscérale, venue on ne sait d'où, qui continuait à lui donner des frissons, corps et âme, lorsqu'il y repensait. « Si seulement… », et puis c'est tout. De son côté, le raisonnement était court. Il tenait en trois phrases : il s'était trouvé au mauvais endroit au mauvais moment, la vie ne lui avait pas fait de cadeau, il avait « merdé ». Point final !

Georges, lui, s'interrogeait.

Plus que quiconque jusqu'alors, Fred, son histoire et le drame de ses dix-huit ans rencontraient une sensibilité nouvelle chez le vieil homme.

Durant toute son existence, il s'était peu soucié des autres. Même père, il n'avait pas retenu Simone lorsque Corinne était tombée enceinte. Qu'avait ressenti sa fille face aux propos incendiaires de sa mère ? Qui était l'homme et leur histoire ? Quels sentiments avait-elle éprouvés, seule avec son ventre ? Non seulement Georges n'en savait rien, mais il n'avait pas souhaité en savoir quelque chose à l'époque. Il avait simplement rameuté ses connaissances de toujours, creusé des fondations, construit des murs et bâti une maison. Le travail et l'action concrète s'étaient substitués aux mots consolateurs, à la présence rassurante. De mémoire, il n'avait éprouvé aucune compassion.

Mais avec ce jeune cabossé, c'était différent. L'empathie le gagnait. Georges la ressentait. Il se décalait, s'oubliait lui-même et perdait de vue ses idées noires. Avec affection, il cherchait à comprendre ce qu'avait traversé Fred. Il approchait l'intime et les blessures de l'enfance d'un autre comme s'il découvrait qu'elles pouvaient exister.

Le constat se dégageait sans équivoque : Georges n'avait pas été vraiment un père, un grand-père non plus.

La P'tite Juliette ?

Évidemment, les actes étaient irrecevables. Le vieil homme n'avait pas contesté les crimes, mais les faits n'avaient pas véritablement franchi le champ de sa conscience. À tel point qu'il avait continué à être sincèrement écœuré par les abus portés aux enfants, à juger fermement leurs auteurs comme s'il n'était pas des leurs, un autre et surtout pas un violeur de petites filles.

Longtemps, il avait été convaincu que toute cette histoire ne serait pas arrivée si Juliette avait dit non.

Valérie, elle aussi, n'avait marqué aucune opposition. Georges l'avait regretté tout un temps, certain que ses agissements auraient stoppé, que son esprit aurait pris en compte le refus des petites et que jamais il n'aurait exercé une quelconque violence par la suite.

Il avait fui sa responsabilité, l'avait retournée, s'était leurré.

Toutes ces années, son esprit avait fonctionné de travers. Les places à l'envers. L'interdit était bafoué. Les liens se moquaient des différences de générations. L'agression niait la victime. L'acte effaçait jusqu'à l'existence des enfants.

Qu'auraient pu dire la P'tite Juliette et Valérie dans la cabine de change de la piscine allemande ?

— Mais rien, en fait, confia-t-il à monsieur Victor.

La réponse frappée d'évidence ne quitta plus Georges à partir de cet instant.

Le trouble grandissait en monsieur Victor. Lorsque les petites victimes apparurent dans les parloirs, son esprit résista à entendre les propos de Georges. Les actes niaient de façon radicale l'être humain, baignaient dans une monstruosité irreprésentable. S'y aventurer créait le malaise en lui, le rejet et le dégoût. À deux reprises, son cerveau fut frappé de surdité à l'évocation des enfants. Face à lui, la bouche de Georges articulait des mots et des phrases sans produire aucun son. L'expérience l'angoissa : les émotions ressenties le perturbaient jusqu'à noyauter ses capacités physiques !

Tout peut-il être entendu ?

Ni curé ni psy, les confidences intimes et sombres ne faisaient pas partie du contrat fixé entre eux au départ. Avec tout autre détenu, il soutenait clairement sa position. Mais avec Georges, la frontière était floue. Sa délimitation manquait de netteté, laissant cours à un espace confus où il était facile de se perdre. Franchir la limite convoquait monsieur Victor à une place qu'il ne voulait pas occuper parce qu'il en porterait la charge bien au-delà de sa présence au centre de détention. En position insoutenable de voyeur ou d'otage, il se trouverait le dépositaire de déviances dont il ne saurait que faire. Les enfants le hanteraient jusque dans ses nuits. Les actes de Georges mettraient en péril la poursuite de leurs rencontres hebdomadaires alors qu'en toute honnêteté il les appréciait. Mais plus grave encore, monsieur Victor pressentait que la monstruosité pouvait se comprendre. Il ne voulait surtout pas qu'une explication surgisse dans sa pensée, qu'une excuse absconse s'impose face à l'intolérable. Dans ce cas, lui-même courait le risque de se transformer en monstre.

Comment est-il possible d'estimer un individu auteur de tels actes ? D'éprouver une certaine compassion ? De lui reconnaître de la valeur ou simplement de l'importance ? Comment ne pas être envahi soi-même par l'horreur ? Pourquoi ne pas prendre les jambes à son cou et s'enfuir pour rompre définitivement tout contact ?

L'inconfort de monsieur Victor était visible, ses mains se crispaient, son regard se détournait de Georges.

Il n'y eut pas de paroles échangées pour que tous deux saisissent l'enjeu de la pérennité des parloirs. Tacitement, chacun respecta la limite nécessaire au maintien de la relation. Il ne fut jamais question de détails sexuels. Les viols restèrent sans images.

Pour une part, le cheminement de Georges se ferait seul dorénavant.

De son côté, la honte perdit de sa vigueur lorsque le mal-être s'infiltra en lui.

Petit à petit, son âme le tortura de manière nouvelle. La faute ne lui était pas simplement pointée de l'extérieur. Il ne s'agissait plus seulement de moralité ou d'article de loi, mais de désordre des choses qu'il s'attribua à lui-même. Georges se sentit coupable.

Comment l'enfant aurait-il pu se défendre ?

Lui-même savait pertinemment combien le piège étouffait puissamment tout désir d'insoumission. L'atteinte l'avait paralysé jusqu'à normaliser l'innommable et à l'évacuer des souvenirs. N'empêche, rien ne s'effaçait totalement de sa mémoire, quelques sensations subsistaient avec effroi : le corps était lourd, immense et oppressant.

Dans ce lit, le dos tourné, le jeune Georges avait tenté de réduire toute proximité avec cette chair ; il gagnait le bord extrême du matelas en un déséquilibre qui risquait une chute. Le contact de la brique chaude à ses pieds canalisait toute son attention sur la douleur brûlante de la plante des pieds et des orteils. Une lutte intense contre le sommeil le perturbait. À ces moments-là, il ne pensait plus à rien. Ce n'était pas clairement sa mère à ses côtés dans ce lit où il n'aurait jamais dû se trouver, mais une chose indéfinissable à l'image de la tortue terrifiante de ses rêves, peut-être.

Alors oui, la P'tite Juliette et Valérie ne pouvaient être qu'impuissantes, elles aussi. Peu de mots s'étaient échangés avec la première, aucun avec la seconde, tout comme avec la mère.

Si le nœud du problème était d'assouvir une pulsion, pourquoi n'était-il pas allé voir ailleurs, auprès d'une autre femme, d'une professionnelle comme l'avait suggéré maître Rodin, plutôt que de s'en prendre à des gamines ?

Dès la première audition dans le bureau du juge d'instruction, la question fut cruciale. Elle avait envahi le traitement de son affaire, s'était répétée sans relâche jusqu'au procès et pourtant, Georges ne la prit pas à son compte pendant des années.

Georges avait-il ressenti un jour de l'attirance pour les enfants ? Il se le demandait rétrospectivement. Difficile de répondre à cette question qui lui paraissait totalement incongrue à présent. En revanche, ce qu'il savait est que la relation avait basculé dans le silence des vestiaires de la piscine allemande.

L'opération était facile ; ses proies l'une et l'autre vulnérables. En premier lieu Juliette, une enfant qui parlait si peu et que personne n'avait vue contester l'attitude d'un adulte, ni même simplement livrer une idée ou un désir. Une enfant fragile, naïve, passive et surtout qui l'aimait. Valérie ensuite, et son jeune âge qui, par définition, ne pouvait que la laisser sans défense. La petite de sept ans s'était trouvée là, dans cette cabine, en place de seconde victime, un peu parce que le pas avait été franchi avec la première et que les agissements de Georges s'étaient emballés dans un engrenage infernal. Il n'y avait pas eu de manœuvres, de stratégies, de scénarios anticipés pour arriver à ses fins. Si des pensées malsaines avaient traversé son esprit tordu à l'époque, elles lui échappaient totalement aujourd'hui.

« Est-ce que j'étais attiré par les enfants ? » ne cessait de s'interroger Georges.

Ce qu'il voyait en faisant face amèrement aux abus est qu'il n'était plus un grand-père en ces instants. Il avait quitté les liens des hommes, avait perdu toute conscience de l'existence des petites-filles dans la petite cabine des vestiaires. La réalité était déformée, altérée. Les enfants n'étaient plus des enfants et lui n'était plus un adulte à ce moment-là. Seule une « force » l'avait animé. Toute lucidité qui lui aurait permis de porter un jugement sur lui-même avait disparu. « Un aveuglement fou », s'en voulait terriblement Georges aujourd'hui. Une insanité où s'étaient dissoutes toutes ses capacités de raisonner.

Tout récemment, il prenait la mesure de ses crimes, il s'agissait de ses désordres antérieurs. Une évidence criante, sous ses yeux des années durant, sans qu'il y pose son regard.

La position qu'il avait occupée en cet été 85 – deux fois avec Valérie, bien plus avec Juliette – ressemblait à celle de l'emprise. Elle relevait bel et bien d'une prise de pouvoir totale où il avait moins été question de sexe que de domination. De manière foncièrement pervertie, Georges avait sans conteste marqué son existence. En ces instants, le désir n'existait pas, la possession remplaçait l'amour. La relation humaine avait disparu, seule la satisfaction personnelle avait compté.

Le grand-père avait occupé cette place dans ses crimes, cette autre place, celle de la puissance effroyable qui, pourtant, l'avait étouffé tout au long de sa vie.

La tortue monstrueuse de ses rêves était peut-être bien une part de lui-même.

Il aurait dû savoir…

Éprouver de la culpabilité humanise. Saine avancée, mais ô combien fragile ! Sur le fil, l'équilibre est précaire. De part et d'autre, l'abîme. L'image du monstre à droite, la douloureuse prise de conscience à gauche. En contrebas le néant. Comment continuer à vivre ?

À ce stade, Georges ne pouvait faire machine arrière. La dénégation et la fuite devenaient impossibles, irresponsables, tant l'une que l'autre. La mort n'était plus une option. Il se devait d'avancer sur le fil à la lenteur de l'équilibriste, un pas devant l'autre, instable et incertain à chaque mouvement. Le chemin se ferait seul, la présence assidue de monsieur Victor n'y changerait rien.

Petit à petit, il devenait enfin un homme.

L'obscurité qui avait empêché toute clairvoyance sur toute une vie commençait lentement à s'éclaircir. Il se libérait d'une aliénation qui l'avait empoisonné pendant plus de soixante ans. Mais, le savoir était bien dérisoire, cela ne lui procurait aucune délivrance. Ses actes n'en demeuraient pas moins déviants et inexcusables. La souffrance de Georges était de ne pas avoir saisi bien plus tôt les dérèglements intérieurs qui avaient dominé sa vie de grand-père, de père, d'homme et de fils.

Le prix à payer serait lourd psychiquement. Le remords de ne pas avoir inversé le cours des choses ne le lâcherait plus.

Simone n'avait pas parlé de Juliette, de Corinne non plus, lorsqu'elle lui avait rendu visite à deux reprises au parloir. Intuitivement, Georges avait craint que le sujet soit mis sur la table. C'était il y a bien longtemps déjà, en maison d'arrêt, avant le procès. Depuis, il n'avait plus revu sa femme. Leur dernier contact se résumait à l'annonce de la vente de la ferme par courrier. La suite n'avait nécessité aucune confrontation directe. L'opération s'était rapidement réglée par mandataires interposés. Ensuite, la relation s'était distendue jusqu'à disparaître. Georges s'en était contenté et s'en était même sincèrement satisfait au souvenir du malaise qu'il avait ressenti dans le petit box de leur dernière rencontre.

Du devenir de la P'tite Juliette et de Valérie, il ne savait rien à ce jour.

Ils étaient rentrés à trois de la piscine allemande en cette fin d'après-midi du mois d'août 1985. La chaleur était étouffante, les fenêtres, à l'avant et à l'arrière, ouvertes au maximum pour créer un violent courant d'air assourdissant dans l'habitacle.

Les enfants s'étaient montrés peu loquaces tout au long du trajet. La Renault 20 avait déposé Juliette au lotissement, puis Valérie s'était précipitée chez elle sitôt la voiture garée devant la ferme. Elle n'avait pas pris la peine de dire au revoir. Georges n'avait plus croisé la petite voisine ensuite.

La P'tite Juliette avait continué ses allers-retours auprès de son grand-père, comme si de rien n'était, jusqu'à l'arrestation.

C'était peu de temps après la rentrée des classes. Georges n'avait pas paniqué à l'arrivée des gendarmes, les avait suivis, fait ses aveux. Il avait encaissé les conséquences sans réel soulagement. À son insu, c'était le déroulement logique de ce qui était déjà écrit.

Le dévoilement des abus avait signé la rupture de tout contact avec quiconque.

Les dernières nouvelles des enfants n'en étaient pas vraiment, elles se résumaient à des observations d'experts dans cette grande salle de cour d'assises où son affaire avait été jugée. Cette salle, un lieu majestueux où des horreurs avaient été énoncées. Le vocabulaire employé lui était totalement étranger et il avait assisté à la scène de l'extérieur, ce qui l'avait protégé de toute émotion.

La gravité des séquelles avait été relevée sans que Georges puisse réellement la saisir à l'époque. Pourtant, ses actes avaient provoqué des ravages authentifiés par les spécialistes, des ravages physiques et psychologiques dont les enfants se relèveraient difficilement.

La vérité était là. Dite sans qu'il l'entende.

À présent, il aurait voulu que Simone lui parle.

CHAPITRE V

La boîte de Pandore

Peu de courriers arrivaient jusqu'à Simone. Son départ du village pour la grande ville ressemblait à une fuite. Elle avait tout quitté sans laisser d'adresse. Helsting, la ferme, le chien Rocky, Georges et ses crimes ne faisaient plus partie de sa vie.

L'apaisement que lui avait apporté son installation en ville se payait d'une solitude qu'elle supportait plutôt bien. Elle n'avait pas cherché à créer de nouvelles relations. Les échanges avec ses voisins d'immeuble étaient cordiaux, sans plus. Et les rencontres avec sa sœur s'organisaient une fois par mois, tout au plus. Sans vraiment se le dire, ni l'une ni l'autre n'avaient souhaité plus de rapprochement.

À l'ouverture de sa boîte aux lettres, le cachet postal intrigua Simone, un bref instant. Au dos de l'enveloppe, le numéro d'écrou adjoint au nom de Georges provoqua immédiatement un mouvement de recul.

La lettre l'encombrait. Elle traînait sur le buffet du salon-salle à manger depuis bientôt une semaine. Sans être ouvert, le courrier restait en évidence, parmi les cadres exposés, tout à proximité des photos de Corinne et de Juliette en costumes de fête. Incongrue juxtaposition…

L'homme s'immisçait dans un monde que Simone avait soigneusement cloisonné.

Lorsque le regard de la vieille dame s'attachait à l'adresse, un malaise diffus l'envahissait.

L'écriture la troublait : une écriture familière et étrangère. Grossièrement, la main de Georges était reconnaissable, mais à y regarder de plus près les lettres sur le papier avaient perdu l'imprécision que Simone leur connaissait. Leur tracé était moins formel, plus personnel et singulier. Les majuscules s'affranchissaient de leur rondeur scolaire pour se lier sans décrochage aux minuscules. Une harmonie se dégageait de l'ensemble. Plus encore, une affirmation émanait de l'écriture.

Était-ce bien Georges ?

Le sixième jour, Simone décacheta l'enveloppe avec précipitation. Le contenu ne ressemblait pas davantage à l'homme qui avait partagé sa vie.

« La P'tite Juliette ne s'en sort pas si mal », constatait Simone. L'enfant ne parlait pas de cette sale histoire de vestiaire à la piscine allemande. Elle grandissait, bien sûr plus lentement que les jeunes filles de son âge, mais elle grandissait tout de même. « Avec Corinne, c'est une autre paire de manches. » Une sérieuse dispute avait eu raison de leur relation. Depuis, sa fille refusait de lui adresser la parole.

Seule Juliette venait en séjour chez sa grand-mère et c'est bien parce que Simone avait insisté. Corinne avait fini par plier en percevant l'ombre d'un désir chez sa fille à l'évocation du projet. « Pourquoi pas ? s'était-elle dit.

Juliette exprime si peu d'envies. Et raisonnablement, ce n'est pas avec Simone et sa vie étriquée que Juliette s'exposerait à l'on ne sait quel danger. »

En moins de dix minutes à pied, Simone rejoignait la gare. Tout était convenu : attendre sur le quai, ne pas s'engager dans les souterrains, ne pas gagner l'un ou l'autre hall pour se perdre dans la foule des voyageurs en transit. Il était si rapide de se manquer ! Une kyrielle de recommandations inutiles, car, toujours, Simone stationnait sur le quai bien avant que le train régional n'arrive. Dès qu'elle entrait dans le champ de vision de la jeune fille, un sourire illuminait leur visage à toutes les deux. Vite alors, Juliette pressait le pas pour rejoindre l'appartement afin de s'acquitter de la consigne maternelle : « Un appel téléphonique sitôt arrivée ! »

Simone ne prenait jamais le combiné.

Ensuite, le week-end commençait. Lent et ritualisé. Dans une chronicité où la vieille dame et sa petite-fille se retrouvaient.

Juliette n'était pas de ces adolescentes qui s'évertuent à faire voler en éclat les liens qui ont marqué leur enfance. Pas de rébellion, pas de contestation ou de provocation pour soutenir haut et fort que désormais tout a changé et qu'il n'est plus question d'être considérée comme une enfant. Pas de bruits.

À l'aube de sa majorité, la P'tite Juliette n'avait aucune velléité pour modifier quoi que ce soit. Même son corps s'y conformait ; malgré la puberté, peu de formes le transformaient.

Juliette passait la grande partie du séjour dans l'appartement en se calant sur le rythme ralenti et les activités répétitives de Simone, propres à une personne âgée. Le calme et l'absence de pression amenaient un sentiment bienheureux de quiétude à mille lieues de l'agitation anxieuse qui animait sa mère. Le week-end prenait l'allure d'une trêve, paisible et douce, une ou deux fois par mois. Juliette se reposait.

Seul un tour en ville figurait au programme du samedi après-midi. Grand-mère et petite-fille regardaient davantage les devantures qu'elles ne pénétraient dans les magasins à l'exception d'une petite boutique d'accessoires où Simone ne manquait pas d'offrir une ou deux babioles à Juliette. Le choix de la jeune fille portait sur des articles aux couleurs de l'enfance : du rose, des tons pastel et des vernis pailletés. Chez elle, pas de fantaisies voyantes, pas de ventre à l'air, pas d'encolure découvrant l'épaule et jamais de mini-jupe ou de jean moulant. Loin d'un excès de pudeur, sa manière de s'habiller révélait un décalage avec son âge.

Immanquablement, la messe dominicale dans l'église du quartier occupait le dimanche matin. Juliette y accompagnait sa grand-mère, ne remuait jamais les habitudes. Côte à côte, elles prenaient part à la communauté de croyants le temps de l'office. Une communion sans prolongement. Personne ne regardait personne. L'assemblée se montrait discrète, les échanges réservés, la démarche propre à chacun. Simone ne lisait aucune allusion personnelle dans les sermons du curé. Les regards dans la nef et sur le parvis se croisaient à peine. La vieille dame n'attendait rien de plus, elle se réconciliait seulement avec l'église après l'avoir désertée si longtemps à Helsting. C'étaient des retrouvailles distantes, aussi bien avec Dieu qu'avec les autres, ainsi qu'avec elle-même. Les tourments étaient loin.

Lors des week-ends, il n'était jamais question de Georges.

« Ce n'est pas une bonne chose de revenir sur cette affaire », jugeait résolument Simone. Le silence de Juliette lui convenait. Au fil des ans, plus que rabattu, le couvercle était scellé. Apparemment, aucune fuite ne présageait de l'existence d'un bouillonnement intérieur, à couvert. Pas de contenu actif dans la marmite en dépit des évènements tragiques.

Et voici que Georges ouvrait la boîte de Pandore…

Ses mots bousculaient l'équilibre fragile, surprenaient Simone dans sa vie, ébranlaient la paix qu'elle avait trouvée dès les premiers mois de son emménagement. En une lettre, le passé refaisait surface. La levée du secret de la jarre qui maintenait hors-jeu les maux douloureux était brutale. En un tournemain, ce qui y était stocké était remis sur la scène.

Simone n'y était absolument pas préparée.

Jusqu'alors, les non-dits étouffaient les actes de Georges. Leur pouvoir destructeur et les souffrances afférentes étaient retenus avec force pour ne pas en subir les effets. Tout s'était déroulé avec son mari comme si un pacte les avait liés sous la forme d'un accord tacite de dénégation. Les mots et toute rencontre avaient été bannis de leur couple au service de l'enfouissement des évènements au point de les rendre inaccessibles. Seuls subsistaient entre eux le règlement des affaires administratives, le partage légal d'un nom, des biens et des ressources financières.

Mais avec sa lettre, Georges réveillait l'oubli.

Pour la première fois, il parlait des faits ; jamais Simone ne s'y était réellement confrontée. Les phrases de Georges reconnaissaient ses actes ; jamais elle ne les avait approchés de cette manière.

C'était la vérité de Georges, difficile à entendre, perçue comme une violence.

Aucune justification ni imploration de pardon dans son courrier. L'homme y authentifiait sa culpabilité indiscutable. C'est lui qui avait joué la partie, seul, sans considération pour les enfants. Sa lettre l'affirmait. En découlait une dette infinie au paiement impossible, insolvable en dépit du traitement judiciaire des crimes et de la condamnation de leur auteur. Sur le papier, c'étaient des mots lâchés à cœur ouvert, des sentiments qui torturent l'âme, du désarroi et de la peine comme Simone ne les avait jamais soupçonnés chez son mari. « Des mots véritables, vraiment authentiques ? », brièvement, elle en douta.

La préoccupation de Georges n'était pas de réparer les dommages ou de chercher la réhabilitation de lui-même. L'homme livrait ses remords, mais pas seulement.

Son souci central portait sur la P'tite Juliette et Valérie. Comment avaient-elles pu vivre avec ça ?

Simone n'était pas prête.

Impossible pour elle de réveiller les vieux démons, de faire face aux transgressions de Georges, de les remettre sur le chantier pour traiter la question. Le silence préservait la pseudo-intégrité de son existence, l'image fantasmée d'une famille sans histoire et les liens paisibles avec sa petite-fille.

De Valérie, elle ne savait quasiment rien. Les rares échos parvenus à ses oreilles étaient qu'elle « virait » mal. On parlait même d'abandon de ses études bien avant l'heure et de fréquentations douteuses. A priori, elle « vivotait » à Helsting, toujours dans la ferme de sa mère.

Non, vraiment, les histoires n'avaient rien à voir. Juliette était si sereine et si calme.

Sans être relue, la lettre rejoignit le silence du tiroir du buffet, dissimulée sous les factures de gaz et d'électricité, hors de vue et hors de portée.

C'était le premier courrier de Georges, le seul qu'il écrirait.

Simone n'y répondrait pas.

Le fauteuil peinait à avancer. Tout mouvement s'accompagnait d'un crissement strident qui ne passait pas inaperçu. Le surveillant s'évertuait à manier l'engin ralenti par un pneu insuffisamment gonflé.

— Dire qu'il n'y a pas moyen de mettre la main sur une pompe à vélo dans tout l'établissement pénitentiaire ! pestait-il à voix haute.

Le déséquilibre était patent. Sitôt un virage à angle serré, le corps alourdi tanguait au risque de déborder de l'assise. La tête chutait sans maintien. L'avant-bras quittait l'accoudoir. La main inerte frôlait dangereusement les rayons de la roue. Même les lignes droites demandaient une dextérité de professionnel.

Le surveillant n'aurait pas imaginé faire face à cette situation au cours de sa carrière. Il n'avait pas eu le choix même si la tâche ne relevait en rien de ses missions :

— Ce n'est pas mon job, avait-il opposé dès l'homme installé sur le fauteuil, je suis là pour surveiller, pas pour servir !

Le détenu faisait l'objet d'un transfert du centre de détention, il débarquait en ambulance en piteux état. Le faire sortir du véhicule et l'asseoir sur la chaise roulante n'avait pas été une mince affaire bien que le poids de son corps amaigri ne pesât guère. Ils avaient dû le porter à deux surveillants, malhabiles, faute de formation aux gestes techniques. Ensuite, le vieil homme était resté un long moment sur le parking intra-muros, juste à proximité des fourgons grillagés de la pénitentiaire, passif et absent. Après l'opération de manutention incertaine, sa veste relevée dans le dos boursoufflait le tissu tout autour du cou. Sa tête paraissait minuscule. Le bas de son jogging fripé découvrait de maigres mollets. Malgré le froid ambiant, l'homme ne manifestait aucun inconfort. En revanche, son immobilisme créait le malaise et la sidération chez les autres. Le *gradé* s'insurgeait et multipliait des allers-retours au poste central :

— Non mais, ce n'est pas possible de nous l'envoyer comme ça ! Que va-t-on faire de lui ? On aura tout vu !

Un des surveillants mit un terme à la situation qui s'éternisait à l'extérieur. Il saisit vivement les poignées du fauteuil et le poussa dans le hall d'entrée de la maison d'arrêt menant aux différents bâtiments.

Le médecin avait recherché ce fauteuil lorsque Georges ne réussit plus à marcher. Ce type d'équipement n'était pas prévu dans un cabinet médical d'établissement pénitentiaire. C'était de la récupération dénichée dans la salle de stockage du matériel défectueux et obsolète de l'hôpital de la ville la plus proche. Le médecin du centre y avait choisi le fauteuil en moins mauvais état.

Ensuite, il avait rédigé son certificat et sollicité les experts.

Plusieurs fois, Kurtz avait incité Georges à rencontrer le conseiller de probation. Il pouvait sortir, il était bien temps ! Un petit bout de terrain à trouver et il pourrait couler des jours tranquilles. Ses dernières années méritaient bien une vie sans histoire où le travail de la terre ne serait plus que du plaisir personnel. Finies les contraintes d'une équipe d'entretien des espaces verts :

— Six ou sept plants de tomates, deux de courgettes et de cornichons, des oignons, quelques laitues et feuilles de chêne, ça suffit amplement. Pas la peine de s'embêter avec des patates... Pépère quoi !

Juste de quoi gratter la terre, se réjouir des pousses, des fleurs et d'en humer l'odeur... Kurtz y pensait déjà pour lui-même à moins de deux ans de la retraite, alors pour Georges, il était grand temps. Ses années d'incarcération répondaient largement aux exigences d'obtention d'une libération anticipée, son comportement irréprochable également. Un cas facile pour Kurtz : Georges était vieux, la récidive de ses saletés sexuelles inimaginable au point d'avoir totalement quitté les esprits. Nul doute, il aurait le soutien du conseiller et l'avis favorable de la commission d'application des peines.

Mais non, Georges ne fit jamais la démarche.

Il n'aspirait pas à retrouver l'extérieur. Sa place était ici et depuis des lustres. Il faisait partie des murs, en avait la couleur. D'autres comme lui sortaient totalement désocialisés. Si décalés qu'ils ne pouvaient ni traverser une rue ni manger face à quelqu'un. Prendre leur repas s'était transformé jusqu'à se scléroser en une formalité solitaire vite expédiée. Dehors, respirer les gaz d'échappement leur occasionnait des nausées. La foule, une sensation de vertige et un mouvement de panique. Les bruits de la ville et le ballet incessant des voitures, un fort mal de crâne. On en voyait revenir en prison après une longue peine et l'on pouvait sérieusement se demander s'ils n'avaient pas provoqué, eux-mêmes, leur retour.

Alors non, Georges n'avait aucun projet de sortie.

C'est le conseiller de probation qui vint à lui alors que le vieux détenu se trouvait incapable d'exprimer une quelconque requête.

Le premier à s'inquiéter de son état fut monsieur Victor. Une histoire de regard… Quelque chose était différent. Difficile de cerner exactement la nature du changement au début, mais dans ses yeux, il lisait que Georges n'était plus tout à fait le même. Il devenait distrait, évitant, quelques fois absent.

Le visiteur de prison multiplia les démarches pour capter son attention. Parfois, il le chercha loin, en des zones inatteignables, pour tenter de le ramener dans la relation. Il forçait le ton, lançait des perches, lui saisissait l'avant-bras qui se rétractait au moindre contact comme l'escargot fuyant dans sa coquille. Où se trouvait Georges dans ces moments-là ? À distance des hommes, dans un désert, hors du temps ?

Monsieur Victor reprit ses lectures qui avaient rythmé leurs premiers parloirs. Puis il s'aperçut que le sens des mots s'évaporait. Le vocabulaire d'un texte, même d'usage ordinaire et familier, semait la confusion dans l'esprit de Georges. Les phrases s'inversaient tout en prenant leur autonomie. Leur succession logique se segmentait. La trame d'un paragraphe se désorganisait.

Georges était en panne. Il pouvait être suspendu quelques secondes, ne trouvant plus ses mots. Le vieil homme se retirait, entrait dans une bulle insondable. Insensiblement, il parla de moins en moins. Exceptionnellement, une expression surgissait en *Platt* sans que son visiteur ne puisse la comprendre. Le ton laissait supposer un juron. L'insistance de monsieur Victor irritait Georges et l'angoissait. Il ne croisa plus son regard que très rarement.

Monsieur Victor choisit un roman court, un conte, pour réveiller la curiosité du vieil homme qui désertait son esprit. Avec *La Perle*, il ne s'attacha qu'à l'écriture. Sans commentaires ni détours allégoriques, il aborda le texte au premier degré, de la même manière qu'avec ses enfants, au temps lointain des lectures du soir. Tout comme à cette époque, son désir n'avait pas d'autre ambition que de capter l'attention, de provoquer une lueur d'intérêt.

Toujours à la même table, dans le même box où des murets à hauteur de bassin délimitaient l'intimité de la visite, la voix de monsieur Victor occupa tout l'espace de la salle commune des parloirs. Il accentua les intonations, épaissit les silences, gorgea le texte d'exclamations et de mystère afin d'émouvoir Georges, un peu comme s'il cherchait à le ressusciter.

Lorsque la lame de Kino réussit à faire céder l'huître et que « la Perle du monde » apparût, les yeux de Georges croisèrent brièvement ceux de monsieur Victor. À cet instant, rien ne reflétait une expression quelconque. Du vide. Aucune activité mentale décelable au-delà de la fonction de l'organe. Des yeux réduits à la vision. Des yeux sans regard.

Le trouble de monsieur Victor s'accrut. Après quelques secondes de saisissement, il poursuivit sa lecture, dans l'illusion de ranimer la flamme à force de persévérance, alors que l'esprit de Georges replongeait dans les limbes. Le récit s'attacha aux rêves les plus fous de Kino, à l'espérance inouïe d'un avenir meilleur où la richesse guérirait son fils Coyotito, lui assurerait une instruction et mettrait sa famille à l'abri de la rudesse de leur existence.

L'histoire n'alla pas au-delà, ne franchit pas le moment où l'espoir à portée de main bascule dans la violence, le meurtre et l'horreur. Monsieur Victor s'arrêta de lire et ce n'est pas le destin tragique de la famille de Kino qui l'en empêcha, mais la prise de conscience douloureuse que Georges l'avait définitivement quitté.

Face à lui, l'homme n'était plus qu'un corps. Ses mains trituraient étrangement la peau de son visage.

— Est-ce que vous allez bien, Georges ?

La question demeura sans réponse. Les mains continuèrent à pétrir cette face inexpressive.

À ce moment, monsieur Victor pensa que l'homme qu'il avait connu n'habitait plus ce grand corps de l'autre côté de la table. Restait juste une enveloppe charnelle inoccupée. La relation n'existait plus. Aucun fil disponible pour recréer un minimum de lien.

Abattu et révolté, monsieur Victor luttait contre la perte d'un être cher, avant d'en entamer le deuil. Il s'arrêta de parler. Puis, il détourna les yeux qui, malgré lui, commencèrent à s'embuer de larmes.

Un jour, Georges fut absent à l'heure dite du rendez-vous qu'il n'avait jamais raté, semaine après semaine.

Fred s'était marré des bourdes de Georges dans un premier temps.

Kurtz ne riait pas. Le voir, bras ballants dans le potager, et multiplier les erreurs de taille des arbres fruitiers l'excédait. C'étaient pourtant les bases, des notions maîtrisées parfaitement, jusqu'à l'excellence chez cet homme qui lui en avait appris un paquet sur les subtilités de l'élagage, sur la réalisation des boutures ou des semis, et certainement bien plus que lui-même ne lui en avait enseigné. Mais depuis peu, Georges se montrait déconcentré et hésitant. Dans le local de stockage, il peinait à ranger l'outillage. Un soir, le sécateur et la scie à branche ne trouvèrent plus leur place.

De longues semaines furent nécessaires avant que Kurtz se dise que le problème était sérieux. La prise de conscience eut lieu à l'extérieur du centre pénitentiaire alors que la tâche en cette fin d'après-midi consistait à nettoyer les massifs d'hortensia puis à biner la terre durcie par plusieurs jours de chaleur intense. Au bout de leur tige érigée, les grosses boules de fleurs penchaient dangereusement leur tête, en soif d'un arrosage qui ne viendrait pas du ciel. Le petit groupe de l'équipe des espaces verts se trouvait hors les grilles. Le travail était physique, l'ambiance bon enfant, la baisse de la température en cette fin de journée très agréable après la fournaise des dernières heures. Fred faisait le mariole, mimait de partir en trombe comme à chaque fois, grisé par l'idée de mettre un pied du côté de la liberté. Mais ce n'est pas lui qui disparut à cet instant, c'est Georges qui échappa à l'attention du surveillant. Tout d'un coup, l'homme n'était plus là !

Georges ne courait pas sur la départementale qui descendait au bourg. D'un pas lent, il avançait, nullement pressé, l'esprit serein. Rien dans son attitude ne révélait un homme en cavale. Son œil ne cherchait pas avec prévenance et anxiété le prochain bosquet où trouver refuge au cas où quelqu'un viendrait à sa rencontre. Son regard ne portait pas en arrière dans l'angoisse d'être poursuivi. Il marchait seulement. Calme. Peut-être même sifflotait-il…

Récupéré après une évasion qui ne dura pas plus d'un quart d'heure, Georges ne manifesta aucune véhémence aux quatre hommes partis à sa recherche. Mais, loin de lui l'idée de les suivre :

— Laissez-moi, répliqua-t-il avec détermination, c'est l'heure. On m'attend à la carrière.

On ne rigolait pas à la mine. « L'heure c'est l'heure ! » et la ponctualité était une qualité à laquelle il tenait.

La bineuse encore dans sa poigne attira le regard des surveillants. Assurément, son projet n'était pas de la transformer en arme. Il l'avait simplement gardée en main en un geste machinal.

Passée une courte opposition tranquille, tous rebroussèrent chemin avec Georges, docile, les yeux traversés d'une lueur d'angoisse. Peut-être éprouvait-il l'expérience d'avoir été happé par « le Grand Dehors » ?

Après l'incident qui relevait plus d'une fugue que d'une évasion, Kurtz saisit l'ampleur du problème. À l'évidence, Georges perdait la tête.

Par moments, le vieux détenu n'acceptait pas d'aide. Il envoyait balader quiconque jusqu'à en devenir agressif. Après quatre mois, ses manquements se firent de plus en plus fréquents. On retrouva Georges à plusieurs reprises errant dans l'enceinte et, quelques fois, figé devant le grillage, l'œil éteint, sans aucune idée alors de ce qui lui traversait l'esprit.

Le surveillant ne le reconnaissait plus. La dégradation de son état l'attrista. Profondément. Après tout ce temps, Kurtz ne voyait plus Georges comme un détenu. Physiquement, il avait tenu le coup malgré l'âge ; bien des hommes auraient pu l'envier. Jamais, il n'avait exprimé de plaintes, de douleurs, de lassitude à se voir enfermé indéfiniment. Il avait apporté son savoir, amélioré le soin aux cultures et motivé les plus jeunes, souvent découragés par la dureté du travail. Mais aujourd'hui, Georges s'effritait. Son corps et son âme s'effilochaient. Rares étaient les instants où Kurtz le retrouvait, tel un compagnon, tel un vieil ami – osait-il penser.

Plus que tout, son air hagard et ses yeux vides l'ébranlaient.

L'altération physique et mentale de Georges fut bien plus rapide que d'ordinaire. Rien à voir avec ce que rencontrent les familles et le corps médical en situation similaire. Pour Georges, ce fut fulgurant.

La décision s'imposa, il ne pouvait plus être *classé* aux espaces verts.

Très vite, son espace vital se résuma à sa cellule et son état posa un sérieux problème à l'administration pénitentiaire. Jusqu'alors, la prison était peu préparée à faire face à une population vieillissante. Une dizaine d'années s'écoulerait avant qu'elle commence à penser à des solutions. Il faudrait attendre l'augmentation du nombre de personnes âgées incarcérées avec le rallongement significatif des condamnations et l'afflux d'affaires sexuelles traitées par les tribunaux parce qu'on fermerait de moins en moins les yeux.

À son époque, Georges fut le premier à souffrir des ravages de l'âge au centre de détention. Qui s'en souciait ? En vérité, peu de monde en haut lieu. Le personnel carcéral confronté à une situation inédite eut recours à la débrouille avec le désagréable sentiment d'être abandonné par sa direction régionale et son ministère. On fit comme on put, avec les moyens à disposition qui se résumèrent aux bonnes volontés de quelques-uns.

Les *auxiliaires* furent mis à contribution. Ces détenus chargés de l'entretien des communs et de la distribution des repas furent sollicités pour nettoyer a minima la cellule de plus en plus délaissée.

Peu à peu, le chaos envahit les lieux à l'image du cerveau du vieux détenu qui peinait à ordonner les choses, les pensées et les souvenirs. Ces derniers temps, tout se mélangeait.

Kurtz continua à ouvrir chaque matin la cellule de Georges même s'il n'était plus question de le chercher pour débuter la journée de travail aux espaces verts. En glissant la clef dans la serrure, il ne savait jamais à quoi s'attendre. Avec une certaine anxiété, il pénétrait dans la cellule, plus ou moins surpris par le désordre et les humeurs fluctuantes de Georges selon les jours. Il lançait toujours son « *Geht's* ? » et ses commentaires sur le foot, sur la pluie et le beau temps, sur des banalités qui ne remplissent pas d'autre fonction que celle d'établir la reprise du lien. Si seulement, le rituel avait conjuré le sort et chaque ouverture de porte avait eu le pouvoir de renverser la machine. Mais Kurtz n'obtenait que peu de réponses, parfois un grognement ou une insulte.

Un jour, des objets entravèrent l'entrée de la cellule.

— Georges ! cria fortement Kurtz à plusieurs reprises.

Aucun son ne lui parvint de l'intérieur.

Il dégagea le fatras accumulé. Des livres, la chaise, le transistor et de la nourriture jonchaient le sol. Georges était couché sur le matelas en position fœtale, le dos tourné vers le mur et entièrement nu. Les draps souillés étaient roulés en boule au pied du lit. Kurtz n'obtient aucun mouvement de tête lorsqu'il l'interpella.

Hospitalisé, Georges fut renvoyé après quelques jours.

Incarcéré, il nécessita des soins.

Trop détenu à l'hôpital et trop malade en prison, il n'avait de place nulle part.

La cellule fut intégralement vidée de son contenu. Avec un lit pour seul mobilier, elle ressembla à un cachot.

Fred fut autorisé à de brèves visites. Le jeune homme en sortait totalement perturbé, violent même. Sa colère se déchargeait à coup de poing dans les murs, en insultes beuglées envers le personnel de surveillance et gagnait maintenant les cultures du potager et les machines agricoles. La rage le submergeait sans les mots pour la dire. Difficile de savoir s'il se révoltait contre des conditions d'incarcération inhumaines ou s'il hurlait la perte douloureuse de l'homme qu'il avait connu, de celui qui l'avait accompagné un peu comme un père et une mère à la fois, toujours à ses côtés. En réponse aux grabuges occasionnés, les passages de Fred auprès de Georges furent limités par la direction du centre.

Monsieur Victor bénéficia d'une entorse au règlement pour une visite en détention. Le dénuement de l'homme le blessa. Georges ne dit pas un mot. Son regard laissa à monsieur Victor une impression de détresse indicible : une douleur sans ressort, brute et silencieuse, sans l'once d'un appel.

En sortant de la cellule, il ne pouvait affirmer que Georges l'avait reconnu.

Inéluctablement, les neurones malades du cerveau du vieil homme rognèrent son autonomie jusqu'à nécessiter une aide dans les actes du quotidien. Le passage de l'infirmière, trois fois par semaine, et celui du médecin pénitentiaire lors de sa demi-journée de présence hebdomadaire étaient bien insuffisants.

Le problème s'amplifia lorsque Georges perdit la capacité de se nourrir seul et de contrôler ses selles. Trouver de bonnes âmes pour s'en charger fut encore plus difficile. Les rares *auxiliaires* tournaient, ne tenant pas longtemps dans cette cellule qui donnait le bourdon et les exposait à des corvées et des odeurs peu supportables. Certains surveillants, par empathie ou indignation face à la situation, prirent de temps à autre le relais. Mais rien ne permettait d'assurer les soins de nursing nécessaires à Georges.

Le directeur de l'établissement pénitentiaire en proie à l'incarcération indécente de cet homme essaya de remédier aux difficultés en introduisant dans ses murs une aide-soignante dédiée spécifiquement à Georges. Sa présence fut de courte durée et ce n'est pas la tâche qui fit reculer la jeune femme, mais la connaissance fortuite des faits pénaux du vieux détenu. Toucher ce corps la glaçait, en prendre soin la heurtait. Sur le qui-vive, elle ne pouvait calmer ses craintes : « Que signifiait le regard qu'il venait de lui jeter ? » « Et s'il avait un geste déplacé ? »

Le violeur effaça le malade et l'aide-soignante ne fit pas long feu.

Georges n'avait plus rien à faire au centre, cloîtré dans cette pièce nue et vide, dépossédé de lui-même.

La Justice se montrait encore fort réticente aux libérations anticipées de criminels – sexuels de surcroît – pour des raisons médicales. Quelles garanties pour la société ? Déjà que les sortants de prison retraités ne pouvaient faire valoir une promesse d'embauche pour appuyer leur demande de libération conditionnelle, le projet de sortie se complexifiait lorsque des soucis de santé s'ajoutaient. Et, quelle qu'en soit la réalité, l'hypothèse d'une simulation planait toujours en arrière-fond. La suspension des peines pour motif médical n'existerait que bien plus tard dans le code de procédure pénale.

Concernant Georges, ce n'est qu'à quelques mois de sa fin de peine que la décision fut prise. Les experts psychiatres et neurologues furent formels : la démence dégénérative était là. L'homme était en fin de vie.

Avant de rejoindre un service hospitalier de long séjour, Georges réintégrait la maison d'arrêt qu'il avait connue en début d'incarcération. Une affaire de quelques jours, tout au plus, pour régler de dernières questions administratives.

Dans les couloirs qui menaient au quartier de détention, dans le fauteuil roulant qui ballotait son corps déserté, il n'est pas certain que Georges reconnut les lieux.

C'était pourtant à partir de là qu'un virage s'était opéré. Il avait entamé non sans mal une autre tranche de sa vie, il avait pénétré des aires insoupçonnées, celles de son histoire et de lui-même.

Aucune expression ne marquait son visage alors qu'il rejoignait sa cellule. Aucun signe de vie non plus.

La mort des neurones avait-elle gagné son âme ?

Détenus et surveillants qui le croisaient le regardaient d'un air médusé.

Certains se souvinrent de lui ; l'incompréhension les saisit.

« Les cadres sur la commode du salon-salle à manger sont toujours restés à leur place », se dit Juliette en les manipulant dans l'appartement de Simone.

Un instant, elle les garda en main : sa mère en aube et voile blanc à quatorze ans ; elle en robe blanche, courte, avec une multitude de marguerites brodées sur le torse. Elle devait avoir approximativement sept ans. Une natte fixée par des épingles tout autour de la tête formait une couronne avec ses longs cheveux. Des brins de gypsophile s'échappaient des entrelacs.

Les deux clichés dataient du temps d'une famille sans histoire. L'un et l'autre, au décor quasiment identique : missel en main et bougie allumée sur le guéridon du petit studio du photographe de la ville. Sur les visages, l'expression appropriée du recueillement n'autorisait pas de sourire. Une mise en scène immuable sur plusieurs générations et certainement similaire pour un grand nombre d'enfants d'Helsting. Jusqu'au bout, Simone avait gardé sous ses yeux le souvenir figé de sa fille adolescente et de sa petite-fille enfant.

Juliette ne se demanda pas pourquoi aucune autre photo n'était exposée dans l'appartement. Elle se souvint juste d'avoir adoré cette robe à l'époque.

Les deux cadres rejoignirent le carton des affaires à conserver.

Simone était morte depuis trois semaines.

« De vieillesse », avait annoncé Corinne plutôt froidement à Juliette qui s'était mise à pleurer après deux bonnes minutes de sidération. Sitôt l'information saisie, les larmes étaient apparues silencieuses, régulières et continues.

La vieille dame s'était éteinte sans faire de bruit en une belle matinée de printemps. Le soleil gagnait de la hauteur, les bulbes pointaient leurs boutons prêts à éclore, les premiers bourgeons explosaient. A contrario de la nature qui s'éveillait, Simone avait quitté la vie. Ce n'est pas en cet instant que Juliette aurait imaginé que sa grand-mère puisse mourir. En vérité, l'idée de sa mort n'avait jamais effleuré son esprit, encore moins en cette ambiance printanière qui annonçait un nouveau départ.

Simone aimait cette saison qui marquait l'éloignement de la morosité hivernale et la reprise du vivant. Le rituel du renouvellement des jardinières, année après année, avait recommencé avec son déménagement en ville. Bien moins nombreuses que les bacs à fleurs de la ferme d'Helsting, elles ornaient la rambarde de l'étroit balcon qui donnait sur la rue, offrant aux voisins et aux passants l'image d'un appartement bien entretenu.

Le dernier dimanche, Juliette avait remonté les jardinières de la cave qui y sommeillaient durant les longs mois d'hiver. Sous l'œil attentif de sa grand-mère, elle les avait garnies des premières primevères multicolores, les plants de l'année qu'on sortait à l'air libre avant tout autre. Simone ne profiterait pas des suivants, ceux qui supportaient difficilement les gelées persistantes.

La vieille dame était partie sans les prémisses d'une mort annoncée. Chez elle, encore en robe de chambre, sur son fauteuil duquel elle voyait en grand la ville, le pont sur la rivière, le ciel et la lumière. Visiblement, elle avait pris son petit-déjeuner puis fait son brin de toilette matinal. Un coup de fatigue, un malaise peut-être, avaient stoppé ses activités. Assise un bref instant, sûrement pour récupérer des forces avant de passer à la suite, elle n'avait pas eu le temps de s'habiller. Tout portait à croire que la mort l'avait fauchée d'un mouvement brusque et paisible à la fois.

Pour Juliette, l'évènement paraissait encore irréel. Bien qu'elle ait vingt-quatre ans aujourd'hui, ses relations avec Simone n'avaient pas souffert des effets du temps. Les week-ends avaient conservé leur régularité sans que ni l'une ni l'autre n'eût le désir d'y modifier quoi que ce soit. Ce n'est qu'en débarrassant le plateau du buffet de ses cadres que Juliette commença à penser que rien ne serait plus jamais pareil.

Corinne accompagnait sa fille dans l'opération de déblaiement de l'appartement avant sa mise en vente. Dans la cuisine, elle triait les ustensiles à donner et ceux à réserver pour Juliette qui finirait bien, un jour, par prendre son indépendance. Au fond d'elle, Corinne savait ce départ inéluctable, mais son ambivalence n'aidait pas sa fille à voler de ses propres ailes. Pourtant, Juliette occupait maintenant un emploi qui lui aurait permis de se débrouiller financièrement, mais Corinne ne pouvait s'enlever de la tête l'idée que sa fille n'était pas encore prête, trop influençable, trop peu mature pour faire face aux responsabilités et surtout insuffisamment armée pour se protéger elle-même.

De son côté, Juliette n'exprimait aucun désir à quitter le giron maternel. Décrocher un travail en restauration scolaire était une première étape, mais, pour l'instant, elle n'envisageait pas d'autres projets d'avenir. Entourée de collègues bienveillants, elle réalisait avec plaisir les tâches qu'on attendait d'elle dans cette cantine d'école primaire où les exigences étaient adaptées à sa lenteur. Sa vie se déroulait dans l'instant présent.

Alors que plus personne ne le disait aujourd'hui, elle était encore la « P'tite Juliette », une enfant dans le regard de sa mère et de sa grand-mère. On ne lui avait connu aucun petit ami, aucun flirt, ni même d'attirance pour un garçon. À ses collègues qui s'en étonnaient en la taquinant, Juliette répondait fébrilement « non » de la tête en rougissant. L'évocation du sujet rencontrait en elle un grand malaise sur lequel elle ne s'attardait pas.

En vidant les tiroirs et les placards de la cuisine, Corinne prenait sur elle. Elle s'acquittait de cette tâche pour ne pas abandonner sa fille seule dans la manœuvre. Sans Juliette, elle aurait volontiers tout laissé en plan. Les affaires de Simone ne la regardaient plus depuis bien longtemps. Jamais elles n'avaient vraiment renoué. Les sales histoires de la famille hantaient chacune de leurs rares retrouvailles. Les non-dits infiltraient les liens d'un poids jamais liquidé. L'écart entre elles s'était creusé jusqu'au moment où toute tentative pour faire machine arrière était devenue impossible.

Bien sûr, en tant que fille unique, l'organisation des obsèques de sa mère lui incombait.

Corinne s'en était chargée comme d'un fardeau dont on ne peut pas se dérober. Elle avait choisi la paroisse du quartier de Simone pour lieu de la cérémonie où l'assemblée avait été bien maigre en comparaison de l'église d'Helsting bourrée à craquer lors des enterrements. Pour celui de Simone, il y eut seulement deux membres de la famille de la défunte – fille et petite-fille –, deux religieuses et quatre vieilles dames, piliers de la chorale qui assistaient de leurs chants toutes les funérailles. Corinne avait compté : pas grand monde, neuf personnes avec le curé. Tout du long, Juliette s'était recroquevillée dans son chagrin sur le banc à ses côtés. Elle lui avait tenu la main, plus émue par la réaction de sa fille qu'en signe de soutien dans une peine partagée.

Ensuite, l'inhumation s'était déroulée au grand cimetière nord de la ville, bien loin du caveau familial à l'arrière de l'église d'Helsting. Là-bas, le cercueil de Georges avait été déposé lors d'une rapide mise en terre. C'était il y a plusieurs années déjà. Certains habitants du village avaient observé de loin l'absence de Simone. Ils s'étaient postés sur la butte attenante au cimetière, hors les murs, à distance, concernés par l'évènement tout en se défendant d'y participer. Il semble que le gendarme Roth était présent, Isabelle aussi, la mère de la petite Valérie. L'un et l'autre, animés de sentiments probablement bien différents.

Corinne n'avait pas fait le déplacement.

Pour elle aujourd'hui, hors de question de remettre les pieds à Helsting, d'enterrer sa mère aux côtés de Georges, de reconstituer le couple qui n'avait jamais véritablement volé en éclat. Simone reposait seule dans une tombe : une concession acquise spécialement, pour trente ans, individuelle parce que Corinne n'imaginait rejoindre ni l'un ni l'autre de ses parents lorsque sonnerait son heure.

Après avoir accompli son devoir envers la dépouille de Simone, elle avait renoncé à l'héritage. Même avec le temps, elle ne pouvait s'inscrire dans cette filiation, y compris au-delà de la mort. En conséquence, c'est Juliette qui profiterait totalement des legs de sa grand-mère. Une évidence pour Corinne finalement, un juste retour des choses, une forme de dédouanement.

Toujours dans la cuisine, elle retrouvait des objets étrangement familiers : l'antique presse-purée en métal, les assiettes Arcopal décorées de leur ribambelle de fruits décolorés pour les repas de tous les jours, l'intégralité du service en faïence, vestige du mariage de ses parents, avec ses plats et deux saucières à peine ébréchées, et les fameux verres Duralex avec leur numéro au fond qu'elle déchiffrait systématiquement pour identifier son âge lorsqu'elle était enfant. De vieux souvenirs sans importance occupaient son esprit alors qu'elle n'avait aucune envie de les voir surgir.

D'autres objets lui paraissaient totalement inconnus. Simone avait accumulé un nombre impressionnant de gadgets culinaires plutôt inutiles à en croire la vie solitaire qu'elle avait menée. Un tiroir entier contenait des presse-citrons individuels, porte-couteaux, rince-doigts, cuillères à escargot et emporte-pièces pour réaliser des découpes de légumes et d'œufs sophistiquées comme si la vieille dame avait tenu des réceptions mondaines. Corinne pénétrait l'intimité de sa mère tout en éprouvant la sensation désagréable qu'elle lui était étrangère. « Et ce n'est rien, pensa-t-elle, qu'en sera-t-il lorsque nous attaquerons la chambre ? Alors, il faudra s'atteler au tri du linge et des vêtements… »

Elle en imaginait déjà les odeurs : les familières, celles de l'enfance, celles des draps en lin, lourds et brodés, de l'eau de Cologne et de l'immuable naphtaline. Puis elle en supputa d'autres, celles d'une tranche de vie qu'elle n'avait pas connue. « Quels parfums ? Ceux d'une urbaine d'adoption ? Ceux de la vieillesse ? » À cette courte évocation, Corinne fut troublée.

Juliette ouvrait les tiroirs du buffet. Elle avait du mal à entrer en action.

Avec le départ de Simone, un grand bouleversement s'annonçait dans sa vie. L'équilibre rassurant qui ordonnait les choses volerait en éclat. À l'avenir, il n'y aurait plus sa grand-mère avec laquelle, plus qu'avec tout autre, elle conservait un cocon sécurisant. Les week-ends dans l'appartement disparaîtraient. Les relations où l'exigence de grandir n'avait jamais cours n'existeraient plus non plus. Dans son chagrin, plus que la perte d'un être cher, c'est l'abandon de l'enfance et son angoisse qui s'exprimaient.

Elle résistait.

Dans une lenteur plus conséquente que d'ordinaire, elle extirpait un à un les papiers du tiroir. À chaque facture ou document administratif entre les mains, elle interpellait sa mère pour savoir qu'en faire :

— À garder ou à jeter ?

Corinne demandait le détail de l'entête puis guidait le tri à distance, toujours dans la cuisine.

Lorsque Juliette lut le nom de Georges en bas de la lettre dissimulée au fond du tiroir, elle se tut. Se passant de l'avis de sa mère pour une fois, elle fourra d'un geste rapide le courrier froissé dans la poche de son gilet.

Juliette ne pensait plus à Georges. Personne n'en parlait. Les évènements survenus à la piscine allemande du temps de ses douze ans n'agitaient pas son esprit. Ce qu'était devenue la petite voisine, Valérie, pas davantage. Depuis, elle avait appris le décès de son grand-père dans la foulée de son hospitalisation, mais aucune autre information ne lui avait été transmise. Le sujet était tabou, la parole verrouillée et ceci depuis des années. Juliette n'avait rien bousculé.

À l'époque pourtant, la sortie de prison de Georges avait fait du bruit. La nouvelle s'était répandue au village comme une traînée de poudre.

Tout était revenu dès la libération de celui qui n'existait plus parmi eux depuis bien longtemps, enrichi des commentaires de chacun sur l'état de santé délétère de l'homme après ses années d'incarcération. Son retour à Helsting parmi ses morts, dans une tombe au vu et au su de tous, avait amplifié le phénomène. Georges y avait rejoint sa mère pour l'éternité. « Pauvre femme, si elle avait su ce qu'était devenu son fils ! » relevaient ceux qui l'avaient connue.

Les langues s'étaient à nouveau déchaînées en apprenant les circonstances de la mort de Georges, comme si le temps jouait des tours. Ceux qui croyaient en un Dieu vengeur avaient été convaincus d'un châtiment divin. D'autres qui restaient assoiffés de justice avaient éprouvé la satisfaction d'un juste retour de bâton. Certains avaient regretté la perte de conscience du criminel parce qu'elle écourtait sa peine.

Quelques personnes, plus rares celles-ci et pour la plupart éloignées du village, avaient perçu le chemin que l'homme avait parcouru. Ils avaient ressenti un immense gâchis.

Juliette ne se rendait jamais à la piscine. Penser à la moiteur des lieux et à l'odeur du chlore lui provoquait des nausées. Elle détestait l'idée de se montrer à moitié nue au moment de se débarrasser de sa serviette. L'eau serait froide, son hésitation interminable lors de la descente de l'échelle. Chevilles. Mollets. Genoux. Cuisses… À chaque immersion : le raidissement glacial du corps en son entier, le temps infini pour s'y accoutumer et l'appréhension répétée de franchir l'étape suivante. On scruterait son corps maigre, on la pousserait à activer le mouvement avec impatience. On finirait par la précipiter dans l'eau avec violence.

Elle n'imaginait pas quel pouvait être le plaisir de s'immerger dans un bassin partagé avec une foule d'inconnus. Parmi eux, il y avait les sportifs qui n'avaient de cesse d'accumuler des longueurs, les téméraires qui s'essayaient à l'apnée ou aux plongeons, les enfants dans leur frénésie débordante, les copines qui discutaient tout en observant furtivement leurs formes, accoudées au rebord, comme si elles se retrouvaient à la terrasse d'un café, les jeunes émoustillés par leur nudité et qui, parfois, s'embrassaient… Aucune des catégories ne correspondait à Juliette. Elle ne manifestait aucun intérêt à cette activité.

Pourtant, elle n'eut pas l'audace de refuser la demande de la directrice d'école.

En plein mois de janvier, les sorties à la piscine du cours élémentaire manquaient d'accompagnateurs. Peu de parents s'étaient portés volontaires et l'un d'eux se désistait dès la deuxième séance.

— Une rhinopharyngite, avait commenté la directrice, rien de grave. C'est pour une fois seulement… Je préviendrai la cantine de votre retard. Une histoire d'un quart d'heure tout au plus.

Juliette s'en voulait de n'avoir pas contrecarré immédiatement le projet. Le silence qu'elle affichait avait été pris pour un accord. Encore une fois, un engagement rapide sans véritable choix préalable. La manœuvre était courante à son travail où ses collègues la percevaient malléable et corvéable à merci, elle se répétait maintenant à l'école alors qu'elle cherchait les enfants inscrits pour le déjeuner. La jeune femme avait conscience de sa faiblesse de caractère et cela lui était pénible. Mais pourquoi ne pouvait-elle dire « non » tout simplement ? se reprocha-t-elle brièvement. Bon, elle irait à la piscine. Mais une seule fois ! Dans le petit bain. Pas question de s'aventurer du côté des nageurs où l'on perd pied.

Aussitôt sortie des douches, elle s'engagea dans le bassin avec le groupe d'enfants qui ne savait pas nager. Les quatre-vingt-dix centimètres de profondeur lui évitaient d'avouer qu'elle n'avait aucune pratique de la natation. L'épreuve se révéla terrible. Le corps planté comme un piquet au milieu de l'agitation et des cris durant trois quarts d'heure, l'attention alertée par le moindre mouvement, son regard se portait continuellement sur le maître-nageur qui marchait de long en large aux abords du petit bain. L'angoisse ne la quitta qu'au moment de rejoindre les vestiaires.

Des cheveux trempés de l'enfant, les gouttelettes s'écoulaient des omoplates au bas du dos en une trace de plus en plus fine. Le ruissèlement épousait parfaitement la cambrure du corps avant de se noyer dans la culotte. La peau encore mouillée brillait, belle et lisse. Au moment d'enfiler le caraco, elle se fit rebelle. Juliette fut troublée. Elle ne put venir en aide à la petite fille qui tirait sur le tissu tire-bouchonné sous les aisselles sans parvenir à le déplier. Impossible de toucher cette enfant. Face à elle, la fillette s'énervait en se contorsionnant. Un geste brutal déforma le tissu et détendit le sous-vêtement. L'incident clos, le sentiment de gêne perdura en Juliette.

Le fait anodin se chargea d'un mal-être démesuré pendant des mois.

En vérité, elle n'était plus allée à la piscine depuis ses douze ans. L'activité s'était arrêtée avec la disparition de son grand-père, « Papy Jo ». Le personnage n'était plus de ce monde depuis bien longtemps.

Elle le revit, très éloigné, minuscule, tout en haut d'une butte d'herbe. Le soleil au zénith. Les ondulations de l'eau. Le plaisir, à cette époque, de flotter dans cette enveloppe liquide et caressante.

Après un long moment, Georges descendait prudemment les nombreuses marches d'un escalier. Il venait la rejoindre, l'entourait d'une grande serviette éponge avant de la conduire au bâtiment des cabines de change.

La vision saisissante du ruissèlement de l'eau le long du dos de la fillette ne suffira pas. Aujourd'hui, personne ne sait ni quand, ni où, ni les circonstances exactes qui produiront un changement majeur dans l'existence de Juliette. Il faudra attendre, certainement, de nombreuses années encore pour qu'elle engage ce virage fondamental.

Le blanc de sa mémoire se colorera peu à peu de sensations et d'images. La première sera peut-être celle d'une main au contact de sa peau humide. Une main sans corps, étrangère, à la fois douce et violente.

À chaque avancée, un court temps de doute et de sidération envahira son esprit avec douleur. La reconstruction sera si folle qu'elle en paraîtra irréelle.

Ensuite, le moment viendra où elle respirera intensément pour la première fois. À l'instant précis de cette première inspiration, un petit espace intérieur s'ouvrira. Une minuscule pousse y germera puis se frayera peu à peu un passage dans le sol désertique et pierreux.

Alors, une lueur gagnera le corps et l'âme de Juliette, enfin vivante.

Si tel est son horizon, nul doute que la lettre de Georges l'y aidera.

REMERCIEMENTS

Mes remerciements chaleureux à Élisabeth Caillaud sans qui je ne serais pas la femme et la praticienne que je suis.

Ma reconnaissance infinie pour sa transmission des fondamentaux de l'écoute où l'humain se loge en deçà des actes, les plus monstrueux soient-ils.

Ce livre lui est dédié.